海公主号上的日与夜

李正宇 著

陕西新华出版
陕西旅游出版社

图书在版编目（CIP）数据

海公主号上的日与夜 / 李正宇著. — 西安：陕西旅游出版社，2021.4（2024.1重印）
ISBN 978-7-5418-4056-2

Ⅰ. ①海… Ⅱ. ①李… Ⅲ. ①长篇小说－中国－当代 Ⅳ. ①I247.5

中国版本图书馆 CIP 数据核字（2021）第 051481 号

海公主号上的日与夜　　　　　　　　　　　　　　李正宇 著

责任编辑：邓云贤
出版发行：陕西新华出版传媒集团　陕西旅游出版社
　　　　　（西安市曲江新区登高路1388号　邮编：710061）
电　　话：029-85252285
经　　销：全国新华书店
印　　刷：盛大（天津）印刷有限公司
开　　本：787mm×1092mm　1/16
印　　张：15
字　　数：260千字
版　　次：2021年4月　第1版
印　　次：2024年1月　第2次印刷
书　　号：ISBN 978-7-5418-4056-2
定　　价：79.80元

这是一本小说。
真的有这艘邮轮。
真的有这条航线。
真的经过了这些港口。
我真的亲身行走了这一路。
但是船上的故事,就只是故事。

(本书所有人物、故事均为虚构,
如有雷同,纯属巧合)

代序
玩儿坑里的孩子

记得还是在小学的时候，那时候改革开放才刚刚开始，我和姥爷等一大家子人住在一起，电视还是九寸的凯歌牌黑白电视，外面的世界已经通过小小的荧屏来到了我的眼前。痴迷看电视的我和现在沉溺于网络的少年们并无不同，黑白的光影带来外面丰富的世界，它让我知道了日常居住的大院外还有更大的北京、更大的中国和更大的地球。

由于对玩耍和电视的狂热，我遭到了老妈的严厉批评。她吓唬我说："所有爱玩的孩子都会被关进一个巨大的深深的玩儿坑里，他们不能吃饭，不能睡觉，只能玩儿，他们爬不到坑上面，直到死亡的那一刻。"这一度成了我的梦魇，也让我第一次对死亡产生了恐惧。

但是打开的门怎么可能再关上。《大西洋底来的人》让我知道了地球上的海洋，《尼尔斯骑鹅旅行记》让我有飞出去的冲动，《环游地球八十天》更让我有了环球旅行的梦想。

或许因为喜欢外面的世界，我大学学习的专业是地理教育，毕业后在中学做了几年地理教师。对世界各地如数家珍的我，却没有走过几个国家。书本上，电视上，网络中再真切的影像，也不如亲身走走看看。

三年前，工作满20年的我，辞去了市级事业单位的稳定工作，决定完成自己的梦想，做一个行者、一个旅行作家。

一年前，我的第一本书《邮轮梦——十大邮轮公司旗舰级邮轮之旅》出版，那是一本介绍现代邮轮及邮轮旅游建议的纯纪实作品，算是初步的摸索吧。而在出版的同时，新的想法出现在我的脑海：环球航行。

邮轮环球航行是传统旅游项目，每年都会有不同公司的几艘邮轮开设环球航线。这并不困难，想想靠帆船环球航行的麦哲伦，现在的邮轮可比他的船要大且结实上百倍。邮轮也是最舒适的环球旅行方式之一。一路下来，不用打包行李，不用换乘，吃好喝好，怡然自得。

最终，我选择了公主邮轮公司的"海公主"（Sea Princess）号邮轮的环球航程，从澳大利亚悉尼启程，108天后返回悉尼。这是一条经典的环球航线，通过知名的马六甲海峡、苏伊士运河、直布罗陀海峡、巴拿马运河，还有旅游者不常涉猎的格陵兰岛和复活节岛。

这次我不想只是写一个纪实的文学作品，而是想将这108天的生活文学化，写成一本日记体旅行小说。似乎没有人这么做过，我倒是想试试。

比起为了梦想的努力，更多人羡慕的是我可以出去玩。或许，我真的变成了一个掉进"玩儿坑"里的孩子，但是这不是简单的游玩，没有退路，必须一往无前。

感谢支持我的家人，尤其是我的妻子。

玩儿就玩儿出个样子吧！

楔子

2018年6月4日，星期一，晴

记录位置：北京

记录坐标：39°58′45″N；116°27′10″E

明天船就要开了，今天我还在北京。

劝人的总喜欢说："好事多磨"，可只有当事人才知道这是多么大的折磨。

船票上写着6月5日下午4点从悉尼起航，但是今早，我的澳大利亚签证还没有下来。为了准备此次环球航行，除了已有的十年美签和加签外，还申请了法国的申根、新加坡、英国、格陵兰、新西兰和澳大利亚的签证，其他均已办好，只差澳大利亚的签证。上周来了要求体检，1000元人民币体检一回真心昂贵。总之交上去了，还没有回音。

本来今天凌晨的航班，只好退票了。今晚本计划奢侈的住一晚特价的悉尼四季酒店也泡汤了。还不知道什么时候才能出发啊，只好先收拾好行李，等待签证通过。

正在此时，母亲来电话了，说父亲感觉心脏不舒服，两人去了医院，父亲被留在急诊留观室观察。我立刻开车直奔医院。

医院的急诊是在大楼外的简易平房内，总让人感到分外压抑。来往的人极多。我找到在留观室外焦急等待的母亲，了解了父亲的病情。

本来他们已经预约了周二的专家门诊，但是今早父亲觉得胸闷，就来到医院的急诊。现在已经做了一大堆的检查，正在观察情况。

陪着母亲在留观室外等待。忙碌的医生和护士走马灯似的出来进去。每当门一打开，母亲就向父亲躺着的床的区域望去。

总算有医生召见，说有数值略有问题，也拿不准，观察到下午6点左右，主任最后巡查病房时决定是否住院治疗。

　　正在这时，电话响起。澳大利亚领事馆来电，我的签证通过了。由于是电子签，所以不用取签证。声音好听的签证官祝我旅途愉快。唉！作为独子的我，怎么能走得了呢，要是需要手术得十几天，到时只能和游轮公司说我在新加坡上船了。

　　下午5点多，急诊室的主任医师开始查房，看到父亲一天的观察结果并无大的变化，又听说明天就要看专家门诊，加之性急的父亲卧床一天心情郁闷异常，所以主任医师大手一挥："回家吧，明天看门诊去，门诊要比我这急诊条件好得多，再仔细检查吧。"

　　母亲这才放下心来，给父亲收拾好东西，坐上我的车，回家了。

　　路上，父亲问了我出发的情况，我说签证齐了，明天陪他一起去看了门诊再走，父亲和母亲异口同声地说："你走吧，别耽误了船，今天看来问题不大，那个专家我们也认识，去完成你的心愿吧。"

　　"真的没有问题？"

　　"放心走吧。"

　　到家后，我在再三确定了父亲没有不适的情况下，开车回到自己家。停好车，在网上订好机票，打印了澳大利亚的签证，就拎起箱子和妻子女儿告别。妻子说："路上小心，这次出去时间长，不要太累了。快走吧。"

　　坐上机场大巴直奔首都机场，托运，过海关，23:45，QF108航班起飞前往悉尼。坐在窗口的我看着北京的灯火阑珊，谢谢你们的支持，我的家人。北京，再见。

108天环球航行第1天

2018年6月5日，星期二，多云有阵雨

今日 18:00 从悉尼出发

记录时间：21:00（均为当地时间，以下类同）
记录位置：塔斯曼海
记录坐标：33°32′57″S；151°41′43″E
当前航向：东北

午夜的飞机特别的冷清，所有人在准备停当后就会采取各种奇异的姿势尝试着开始入睡。经济舱的座椅被港人称为"牛槛"位，所以机上睡眠真的是项技术活。我一贯要求靠窗的座位，就为了腿边那多出的圆弧形空间。放倒座椅，在两边竖起头枕，戴上耳机，做好睡眠准备。5分钟后，就会感觉浑身不舒服，尝试改变姿势的努力会使你睡意全无，只好在半睡半醒间到处寻求依靠之地。靠在飞机壁上会使你随着发动机的噪音"帕金森"式的颤抖，趴在小桌板上又让你的老腰阵阵发凉。

终于，经过11个小时的煎熬，机长广播飞机即将降落。从舷窗望去，悉尼清晰可见。特别的环形码头使人们很容易看出南北悉尼的相对位置及旁边的海湾大桥和歌剧院，之后在海湾大桥西边的一个码头，我看到了我环球旅行要乘坐的邮轮"海公主"号。为什么这么肯定？因为悉尼的几个码头上，只停靠着这一艘巨大的邮轮，而"海公主"号邮轮传统的白色船身使她更加耀眼。

悉尼快北京2小时，着陆时已是悉尼时间13:20，船票上写着16:00起航，15:00停止办手续，所以我加快速度，拿行李过关，14:00就冲出了悉尼机场。机场出租车站的管理员叫来一辆车，好大，可以坐12个人。我说我只有一个人，他却说大车小车价位一样的。没时间计较，只好上车奔向White Bay Cruise

Terminal（白湾邮轮码头）。今天的悉尼阴雨连绵，天气又潮又冷，路上还有拥堵的地方，以及盘来盘去的立交桥。天上看着近，地上一走起来好远啊。14:40，我才到达白湾码头，120澳元，天啊，600元人民币打个车。这在澳大利亚本地都算是高消费了吧。

进到码头服务区，看到很多人在办理登船手续，澳大利亚人也这么踩着点儿来？一问才知道，改到18:00起航了。我本来可以坐地铁过来的，好吧，让我先歇歇。

办理登船手续还是很简单的，毕竟作为描写邮轮的作家，这也是熟门熟路的事情了。主要是护照问题，办事员特别将船上宾客证件管理员（Guest Admin Officer）找来查看我的护照和签证，也是，毕竟要停靠38站，我的中国护照他们也不熟悉。宾客证件管理员是一个栗色头发、高鼻梁、大眼睛的标准欧洲美女，名叫苏珊，是个意大利人，为此我和她用较差的英语手舞足蹈地探讨了半天各种签证问题。中东的阿曼和阿联酋对中国免签；中国护照到英国和爱尔兰，先到英国有英国签证就行，先到爱尔兰则有爱尔兰签证就行；中国护照有美加的签证就可以免签去南美各国等。

苏珊也是一头雾水地听着我说，最后冲我点点头："既然这样我们就先上船，如果到了当地签证有问题您就只能待在船上下不去了。""好的，没问题，船才是我最重要的目的地啊。"之后苏珊又满含歉意地对我说："抱歉李先生，您是此行唯一一个使用中华人民共和国护照的客人，有些问题我也需要去查一下才能确定。""好的，谢谢。"哇，独一无二的骄傲感。

此次108天的环球航程一共是4个航段，悉尼至迪拜、迪拜至伦敦、伦敦至纽约、纽约至悉尼。第一航段时，我还是蓝色房卡，最普通宾客。随着航行日的增加宾客等级将会提升，此是后话再表。房卡上标记着航段日期、紧急集合区域、晚餐餐厅、时间、桌号，以及船上的支付码等，当然还有我的名字，但是房卡上不写房间号，估计是怕丢失房卡导致屋内物品被盗。房间号写在了另一份被折叠的和房卡一样大小的邮轮内部地图上，C318是我的房号。

拿着手提行李穿过走廊，就看到"海公主"巨大的船身了。虽然已经乘坐过多家邮轮公司的旗舰级邮轮，都是十几万乃至二十多万吨级，但是还是觉得这艘7万吨级的邮轮很是宏伟。虽然长度和宽度不及其他旗舰级邮轮，但是也有14层楼的高度啊。人在她的下面显得很渺小。

舷梯直通5层甲板，多位服务人员在引导客人上船和进入房间。C318怎么看也应该是3层的房间啊，结果不对，在9层。为什么呢，打开地图才明白，她的每一层甲板都有名字，是以首字母为准，9层是（Caribe deck），所以C318是9层的房间。其他有客房的楼层分别是12层（Riviera deck）、11层（Aloha deck）、10层（Baja deck）、8层（Dolphin deck）、6层（Emerald deck）和5层（Plaza deck）。所以大家都要记得自己楼层的字母啊。

没有客房的是4层（Fiesta deck）、7层（Promenade deck）、14层（Lido deck）和15层（Sun deck）。此船没有13层，还是很迷信的嘛。

邮轮房间主要分为套房、阳台房、海景房、内舱房四种。套房是最贵的和最大的，有大大的阳台和起居室、卧室。阳台房、海景房和内舱房大小相似，只是一个有阳台，一个有可以看到海的舷窗，一个什么也没有但是最便宜。我的房间是内舱房，因为我一个人住，所以还要补100%的单房差。房间靠近船头，是一个靠近船中线的房间。这样的房间很好，浪大的时候晃动最小。一到房门口，就看到我的大行李箱。真的是好快啊，因为坐飞机，只能带一个大箱子，而住在当地的人可真的是大搬家一般，这不，隔壁的舱房门口起码有八九个巨大的箱子。

放好行李出门，正看到隔壁的箱子堆中，一个个子小小的女孩正在吃力地将箱子搬入房间。女孩是亚洲人，直直的长发，额前齐齐的刘海，1米6左右的身高。我走过去问道："May I help you?"标准的中式英语。

她转头过来，诧异又惊喜地说道："空你急哇？"（音译）

"不，我不是日本人，我来自中国。"我知道她误以为我是她的同胞，故此先说明了一下。

　　她也一笑，改用英语说："谢谢。"

　　我动手将她的一个个巨大的箱子搬进屋里，女生的箱子真心的沉啊。将八九个大箱子推进狭小的船舱，瞬间连她那么小小的身子都被埋在箱子堆中出不来了。

　　"你先收拾吧，回头见。"在她强行在行李丛中鞠躬致谢的时候，我帮她关上了舱门。

　　下面就开始巡视船上的餐厅和娱乐地点了，这一巡视就看出这条船不大了。在那些旗舰级的巨大邮轮上，没有三四个小时是难以走完一圈的，而这条船我只用了1个小时主要地方就基本走完了。转了一圈之后的首选去处——自助餐区，在14层船头。

　　虽然船小人少，自助餐区的规模却不小，座椅很多，取餐区分为三部分：面向船头方向的是主食甜点区，以及各种饮品区；船左右两侧完全相同，主要为主菜区、热炒区、沙拉区、前菜区、水果区几部分。各个公司比下来，海公主号邮轮的餐饮可评中上，味道还是不错的。

　　开船前的救生演习是必去的。七短一长的汽笛声准时响起，走到我所在的紧急集合区域，就在7层船头的公主剧院，刷卡确认后，坐在剧院的座椅上。人群中以老年人为主，在这里觉得自己还算是年轻的，哈哈。

　　各种解说大同小异，坐过十几次船的我虽然英语不佳，却也基本听懂了。演习很快就结束了，船也准备出港了。

　　天已经完全黑下去了，雨更加密了，无法在15层的阳光甲板上停留了，我只好拿着相机来到7层的甲板回廊。雨中的悉尼显得十分阴暗，海峡大桥的灯火不那么明亮了，悉尼歌剧院被各种灯光照射着，似乎有什么灯光表演。回到家后上网查了才知道，5月25日到6月16日是活力悉尼灯光秀，可惜我们正好是反方向，加上阴雨，看的模模糊糊。

　　拍完照片回到房间，负责打扫的服务生小飞送来了此次航行的纪念品，一个印有2018环球航行的背包和纪念章。小飞是菲律宾人，20来岁，很是勤快。根据他胸牌的拼写我怎么也拼不出他的名字，但他的名字是F打头的，我就叫他"小飞"了。他也很高兴，他也能说上几句中文，比如"打扫，打扫""吃饭，吃饭"，而见到我直接就喊"Mr. Li"。或许是因为李小龙的原因，外国人说"李"没有障碍，只是发四声。请他把两张单人床合并成大床，并请他每天给我冰箱里放冰块，他都愉快地答应了。

　　我的正餐是17:30开始，这时早已过了时间，正餐厅要求准点到达，过时不让进，只好去自助餐区吃晚餐。牛排鸡翅什么的我随意吃了两口，水果和蛋糕吃了一盘，之后去5层船中的接待处办房卡授权了。

　　房卡可以和信用卡绑定，这样在船上的消费就直接用船卡了。全船全程使用澳大利亚货币，使用信用卡需要收取1.1%的手续费。只有澳大利亚的航线有此要求。亏了，使用借记卡就没有这个费用了。另外船上每日服务费17.55澳元，不用另给小费。

　　回到船舱，小飞已经将床并在一起，用大褥子重新铺好，并在床上放了第二天的《每日快报》，以及两块睡前巧克力。这时我才认真地看了看舱内，舱房呈细长状，床合起来后两侧只有窄窄的通道。两侧的墙上挂着画框，床头是镜子，这样显得船舱大些。床前一侧是三门的衣柜、小冰箱和电视，以及水杯区等。电视很小。另一侧是写字台，虽然很长，但进深很小，也是为了留下更多的活动空间吧。卫生间也很迷你，水槽是一体式的，有三层放瓶瓶罐罐的小托盘，毛巾都在毛巾架上，和酒店无异。淋浴区也是一体式的，呈三角形，我这个体型还算转得开。水流很大，这个我喜欢。洗澡水大、床很软、毛巾干净柔软是我对酒店的好感指标。

　　开始收拾箱子，所有的衣服、礼服全挂了起来，内衣分格存放，电器等放在写字台的抽屉里，护照和钱放保险箱。箱子空了放在床下。20分钟后，一切井井有条。这是我将生活108天的空间，虽然不大，但很温馨。

去自助餐区打了两杯冰水，准备夜里渴了喝。由于空调的原因内舱房会有些干燥，所以要多喝水才会不上火。我舒舒服服地洗了个澡，爬到床上，陷入四个大枕头的包围中，安然入睡。

108天环球航行第2天

2018年6月6日，星期三，多云有阵雨

在海上

> 记录时间：21:50
> 记录位置：珊瑚海
> 记录坐标：27°22′43″S；153°48′13″E
> 当前航向：正北

在乘飞机的疲劳、赶邮轮的紧张、因风浪产生的晃动，内舱房没有自然光，以及今天全天航海没上闹钟的综合影响下，我准时在北京时间6:30醒了。是的，正是每天叫孩子起床上学的时间。生物钟不那么好破啊。

这也是悉尼时间早上8:30，起床吃早饭。

老年人多，都起得早，所以船上已经有很多人在吃早餐了。

根据我的经验给大家总结一下，一般邮轮都是一日七餐：

为早起看日出人们准备的早早餐，此船叫作Continental Breakfast，各船叫法可能不同。一般5:00—6:00，在自助餐厅。

早餐和早午餐则因船而异，有些船的早餐从6:00直到11:30，如本船，有的船则是早餐6:00—9:30，早午餐9:30—11:30，各自分开。据说早午餐是给那些睡懒觉或者起太早等不及午餐的人准备的，偏正餐。另外正餐厅也有早餐，是不固定位置的桌餐，开放时间是7:30—9:30。

午餐基本上都是11:30开始，正餐厅依然是不固定位置的桌餐，一般开放一个半到两个小时，自助餐厅则是11:30—15:30，时间很长。午餐期间此船的比萨饼店和室外烧烤店也免费开放。

下午茶时间是 15:00—16:00。此船下午茶在正餐厅,其实更加注重传统的高档邮轮会在单独的下午茶区域或者俱乐部中进行下午茶。传统人士很看重下午茶时间。自助餐厅也有下午的零食时间,算是自助式下午茶了。

晚餐一般分两个时段,17:30—19:30 和 19:45—21:45,在规定的餐厅,规定的桌子用餐。我的餐厅在 5 层的 Rigoletto 主餐厅,桌号 53,17:30 开始,这些都在房卡上写明了。不愿意去正餐厅的话可以去比萨屋和自助餐厅,不过晚餐自助餐厅只开放一半,另一半围起来作为收费的餐厅 Sterling 牛排馆。这是本船唯一的收费餐厅,需要 29 澳元的订餐费,但菜是不要钱的,主要有很好的牛排和龙虾。

最后一餐就是夜宵了,可惜此船没有,不过自助餐厅的晚餐到 23:00,对习惯早睡早起的老人足矣。

此外,24 小时送餐到房间,只需付小费,餐食都是免费的。

以上都是我的总结,不是官方的说法,就当知识点了。

早餐我选择了自助餐厅,和国内四星饭店的西式早餐基本一样,各种面包,各种烤培根、烤肠,各种水果、蔬菜沙拉、麦片、土豆泥,以及各类鸡蛋。

煮蛋、煎蛋、炒蛋、蛋饼,各种烹饪方式的鸡蛋是早餐的主力。负责煎蛋饼的小哥竟然是个中国人。20 多岁的湖南小伙维嘉,像南方人的长相,瘦瘦的,戴着高高的厨师帽,穿着白色的厨师服。一见到他我就尝试着用中文问他,果然他也用中文回答。他也很兴奋,没想到能碰到国内来的同胞。鉴于等煎蛋的队伍很长,我们只说了几句,就请他做个蛋饼给我。西式的蛋饼可以加火腿丁、辣椒丁、蘑菇丁、芝士等,按需制作,很好吃。原来在其他船上吃这种蛋饼还要比画半天要什么佐料,这下好了,以后吃早餐方便多了。

我随便拿了一大盘吃食,走到座位区。早餐时段虽然长,但是八九点钟仍是高峰,而且船上的乘客们更喜欢吃完后喝几杯咖啡和红茶,唠唠嗑,一切都是慢生活的样子。只有我仍然习惯着风卷残云式的吃饭习惯。

吃完饭，我沿着甲板溜达了一圈，风浪实在太大，加上正是南半球的冬季，所以很阴冷，只好躲回船内，去健身房锻炼锻炼。其实我没有健身的习惯，但鉴于"坐船一次胖三斤"的告诫，怎么也要消耗一下热量啊。

健身房位于12层甲板船尾，和水疗中心在一起。整个健身房分为两个大房间，一个是器械区，一个是做各种操的教室，都是玻璃墙，可以看到船尾的大海。两个房间中间隔着一条从船尾甲板到船尾小游泳池的通道。此船有三个游泳池，12层船中有两个，船尾有一个，但是这个小泳池实在不大，也就是个大一点的澡堂泡池，边上还有圆形的按摩池。这么冷的天竟然还有人在游泳。

器械区面向船尾大海一边有跑步机，面朝船侧面有自行车和登山机等，内侧则有各种力量器械，使用简单。自行车前还有屏幕，可以虚拟参加自行车赛。器械室提供毛巾、湿巾和饮用水。麻雀虽小，五脏俱全。我听着歌，启动跑步机，用5.0的速度走一走，每天一万步即可，老了啊。

正走着，我忽然感觉隔壁跑步机上的人在和我打招呼，转身一看，原来是昨天遇见的那个日本女孩。

"嗨，你好！"

"昨天十分感谢你的帮忙。"

"别客气，你是一个人来的吗？"

"不，和我的两个朋友，我们一共3个人。"

"哦，我是一个人。"

"你竟然是一个人来的？走全程吗？"

"是的，悉尼到悉尼。"

"我们也是。你是从中国哪里来的？"

"北京。"

"哦，北京，我喜欢那里。"

"你去过北京？"

"小时候。和家人。"

我们一边踩着跑步机，一边聊了起来。了解到她是日本京都人，来澳大利亚留学。我给她介绍了自己写的关于邮轮方面的书的事，她说她对邮轮也很痴迷，才有了这次环球航行，最后，我们约好下午3点同去6层餐厅吃下午茶。

午餐时我又去了自助餐厅，看到了维嘉。午餐时他负责的是添加水果和沙拉的工作，我们站着聊了聊天。通过聊天我了解到，船上是不可以使用明火的，因为船上极怕火灾，燃烧快而且没处跑，所以都是用电磁炉、电烤箱和电蒸箱来做饭，味道自然不如陆地上的餐厅了。他也是借着此次航行环游世界，同时也学些东西，之后回国自己创业。

船上的管理很严格，所以就聊了几句维嘉就忙着去工作了。我独自吃完午餐，回房间补午觉去了。内舱房的好处就是关了灯随时处于黑暗中，睡觉无打扰。

一觉睡到快3点，因为约了下午茶，我提前来到6层的Traviata餐厅门前。5—8层的船中是一个挑高四层的大厅，船尾方向是5层餐厅的大门、6层餐厅的大门、7层的后走廊和8层赌场的大门。在这一侧还有两部连通这四层楼的景观电梯，可以看到整个大厅。5层餐厅门口是个小舞台，并有两个回旋的楼梯通往6层，6层环绕大厅的是免税店和日用品店，7层则是酒吧和钢琴演奏，8层是比萨店。白色的大理石地面，不锈钢的栏杆和樱桃木的扶手，在灯光的照射下显得富丽堂皇，虽然这是条老船，但是每隔两三年就会重新修一下，所以还是不减富贵之色。

这时看到那个日本女孩和两个外国女孩一起走了过来，一个满头金发，略显壮健，穿着不高的高跟鞋，似乎已经比175厘米的我还要高一些；另一个则是栗色头发,很瘦,170厘米左右,比起金发女孩就像个纸片似的。简单打了招呼,我们就走进了6层餐厅,在服务生的引领下,来到了一个四人桌前。

公主邮轮的下午茶是为单人旅客或有交际需求的旅客准备的,会让单独的旅客们拼桌,方便互相认识和了解,当然也有小桌提供给朋友们闲聊,但是在餐厅总感觉氛围差些,参与的人不多,而且也没有英式下午茶的三层塔,服务生拿个大托盘游走其间。茶主要就是简单的袋泡茶,小食分三类,蛋糕、三明治和外国人很喜欢的加奶油和果酱的司康饼。我对司康饼极其没感觉,一般只要前两样。

要了茶和茶点,我们几个聊了起来,金色长发的女孩叫洁西,栗色头发的女孩叫艾米丽。日本女孩上午告诉了我她的名字,但你知道日本人名字再转成英文念出来根本不知道什么意思,只好拿着笔让她写下自己的名字。原来她叫山口洋子,日文却很长,搞不清。我就说,以后就叫你洋子好吗,这是你名字的中文发音。

"洋子,是她的名字吗?"这时洁西突然冒出了一句中文。

"你会说中文?"我兴奋地用中文问她。

"一点点。"她磕磕绊绊地说。

"洁西在学中文。"洋子用英语说,"她说可能去中国工作呢。"

"你准备去做什么工作呢?"我用中文问她。

"sorry."

哦,好吧,我又用英文问了一遍。

"The actress."

没听懂。只好拿起手机打开有道翻译,才翻译出是演员的意思。

经过这样艰难的多语言交流,我才知道她们是同学,洁西是澳洲人,洋子是日本人,艾米丽是爱尔兰人,她们都在墨尔本的莫纳什大学。她们不是一个系的,但都是一个环保社团"根与芽"的成员,今年都毕业了,闺蜜3人都准备在这个长的假期完成一次环球旅行,就选择了"海公主"号的环球航程。

一个小时的时间也没聊什么,主要我的英语太差,加之澳大利亚的英语口语完全不同于欧美,听起来很费劲,而洁西也试图用她会的一点点中文让我明白的快一些,结果最蹩脚的英文遇到最蹩脚的中文,最后我们竟然慢慢地习惯了。

最后,洋子小心翼翼地问我能不能帮个忙,她们的箱子太多了,东西拿出来后空箱子把屋子占满了,是否可以把箱子放我房间,反正我是一个人住一间。

"没问题,我的床下还可以放三四个,你们把箱子腾空后可以放在我这里,反正我们同时下船。"

我们一起回到房间,我帮助她们把4个空箱子搬到我的屋里,塞在床下,刚好满满当当。邮轮上的一般房间,用两张单人床拼成大床,住一个人或者夫妻二人住是最合适的,如果用两张单人床就会觉得空间紧张,3个人住就更显拥挤了。3个人的房间中会从天花板上放下一张单人吊床,柜子什么的就不大够用了。所以把空箱子放到我的屋里,她们的房间起码有了活动的空间。

快到晚餐的时间了,我们约了明日再聚,就各自回房间准备晚餐的服装了。

今晚是便装晚餐(smart casual),所以只需穿衬衫或夹克就可以了,大部分邮轮的晚餐厅理论上拒绝无领衫和牛仔裤,像诺唯真公司那样崇尚自由穿着的邮轮公司除外。这个规定在美洲和澳洲似乎执行起来不是那么严格,但是,一般晚餐厅的空调开得都比较冷,所以大家都穿着长裤长袖。

我准点来到了5层餐厅,第一次是有领位员领我到53号桌。餐厅的桌子摆得很密,以大桌为主,间或有几张小桌。餐厅不高,顶棚的大顶灯闪着暗金色的光芒。整个餐厅用简单的樱桃木的栏杆大致分了几个区域,从桌椅和顶棚来看，船比较老了，不似新船那样灯火辉煌，亮如白昼的样子。53号桌是一个椭圆形的长桌，一共可以坐10个人，稍微显得拥挤了些。

我到的时候，同桌的几人均已到达了。估计是昨天大家都已见过面，虽然我因为拍照误了晚餐，但大家见到我都热情地打起了招呼。

同桌加上我一共9个人，其中只有布莱克和他妻子杰奎琳是夫妻一起结伴出游，剩下的7个人都是单身游客，我当然是全桌最年轻的一个了，接下来就是布莱克夫妇了，大约50多岁，都是运动型的，皮肤黝黑，身体健壮，一看就是常年晒太阳的人。另外的六位年龄看着都很大了。

维多利亚，花白头发，小小的个子，穿着整齐的套装，戴着珍珠项链，手臂上挂着小挎包，标准的英国淑女，加上我对外国人脸盲，总觉得她和现在的英国女王还有撒切尔夫人很像。安娜却是个很美国范的美女，一头略有些淡金色的白发，发型和玛丽莲·梦露一样，配以鲜艳的口红、鲜艳的服装和名牌的太阳镜，很有些年轻时混好莱坞的感觉。珍则是一个很有澳大利亚本土风格的老太太，胖胖的，脸上总带着笑容，仿佛邻家老婆婆似的。

雷，是那种很喜欢开玩笑的人，梳着整齐的头发，满是褶皱的脸上露着笑容，总觉得像是欧美做脱口秀的那种人的样子。乔，则是一脸严肃，背挺得直直的，白头发都仿佛根根直立，休闲的装扮都被他穿得很硬挺，高高的鼻子下嘴总是紧闭的。肯特是新西兰人，秃顶，有些胖，却是最愿意和我聊天的一个，因为他刚去过中国，而且不是第一次去了，所以对中国和中国人有更多了解和好感。

简单聊天、打招呼什么的都没问题，但是聊复杂了就吃不消了，只好边查边说。

之后，服务生送来了菜单并倒上冰水，晚餐准备开始。

由于是固定桌，所以固定的服务员和助理服务员将陪伴我们走完全程。

服务员麦克是多米尼加人，长得又高又胖，圆嘟嘟的脸上总带着微笑，喜欢大声地招呼客人，尤其是见到我，就会大喊"Hello, Mr. Li"，不但发四声，还拉长音。早餐时他也会在自助区帮忙，见到我仍是这样，以至于其他服务员见到我也大呼"Mr. Li"，音调和他一样。助理服务员琼则是印尼巴厘岛人，一个带着大大圆框眼镜的小个子东南亚美女。

黑色的菜单夹中只有两页菜单，左边一页一般是常日菜，就是不管哪天都可以点的菜，今天的菜中如果没有你喜欢的就可以点这些常日菜，或者喜欢吃什么点着做补充。右边一页则是今日菜了，第一部分是前菜和汤，一般前菜4个，汤3个，第二部分是主菜，一般四五个，理论上点一份前菜，一个汤，一个主菜足矣，面包是装在篮子里摆在桌上任吃的。

我点了烤三文鱼的前菜，蔬菜汤和牛排。每吃完一道菜，麦克就会上来收盘子和餐具，放新的餐具。每道菜用一套餐具。由于对西餐不那么了解，我也分不清正餐叉和沙拉叉的区别，所以给什么就用什么吧。别看桌上除我以外都是老人，吃的还都不慢。主菜吃完，上甜品菜单，并询问大家餐后喝红茶还是咖啡。我是不喝咖啡的，所以要了红茶，甜点吃了非常甜的香蕉蛋糕，热量赛过主菜啊。

补充完能量后，我继续沿着船甲板走动消食，来到晚上看演出的七层船头的公主剧院，此时的剧院已经基本坐满了人。剧院是那种老式的弧形舞台，红色的剧场幕布，天花板是由一块块返音板组成，两侧的墙壁则是深红色的木板，并挂着油画，座椅是赭石红色。剧院只有两条通道，所以进出剧院有时会拥堵一些。演出是由船上的乐队和舞蹈团共同表演的，舞台被装饰成古堡花园的样子。八人乐队，十个舞者，四个领唱，水平算是中上了。此船所有音乐均由乐队现场演奏，不像有的船只是放唱片或伴奏带，所以还是蛮有水平的，就是舞台太小，有些表演不开。我听不懂歌词，看看热闹而已。

演出完了，很多人又转移到各个酒吧。每个酒吧都有些音乐表演，或钢琴，或吉他。船后的俱乐部还有些游戏活动。我则来到了赌场，却发现门可罗雀，只有荷官站在赌桌后，老虎机前也只有零星的一两个人，真是够冷清的。看来澳大利亚人对赌博真是兴趣寥寥，赌场吧台前反而有一大堆人在看澳式足球。

这样的氛围我也没有参与的兴趣。只是看到一个亚洲面孔的美女荷官站在第一张桌子前，就过去打了个招呼，竟然是中国籍船员，名叫何晴晴，也是从北京来的同乡，但是鉴于她在岗，所以也只聊了两句。

老流程，自助餐区打水、洗澡、睡觉，明天还要早起。环球航行第一站，澳大利亚布里斯班。

108 天环球航行第 3 天

2018 年 6 月 7 日，星期四，雨转晴

今日 6:00—17:00 停泊布里斯班

> 记录时间：21:50
>
> 记录位置：珊瑚海
>
> 记录坐标：26°31′39″S；153°17′18″E
>
> 当前航向：正北

在厚重的乌云下，船驶入布里斯班。布里斯班港是一个河中海港。似乎澳洲港口均是这样，河口成为海船的避风港。

在船停泊港口的前一天，服务生都会给房间放一份简单的地图，推荐本地的景点，当然同时也会销售船上组织的岸上游，价钱比较贵，好处是绝不会误了船的起航，就算堵车延误了，船也会等你。自由行误了船就没这待遇，你只能自己飞到下一个港口去登船。大城市或者旅游城市的码头会有地面的旅行团拉客，或者找人拼车包车旅游，价格稍低，但英语要好，有时候船方也会安排通勤班车去市中心，费用很少或免费。在大城市我一般选择自由行，逛逛城市景观，去几个著名的地点。邮轮旅游多是走马观花，要深入了解一个城市或者城郊的风景还是在这个城市住上几天更好。

早早起来吃了早饭，我基本上是第一批走下船的乘客。今日有从码头去布里斯班市区的班车，班车停靠站在 Ann 街的"澳新军团纪念碑"边，与繁华的皇后大街步行道仅隔两个街区。皇后大街与北京的王府井类似，街两边皆是名牌专卖店和商厦，众多游客穿梭其间，其中亚洲面孔近半。

正在这时，天上开始下起雨来，路上的人们瞬间就转移到商厦前的雨棚下，

天空更加阴沉，在雨幕下看着这个商业区，颇有一种似曾相识的感觉。

雨很大，向南过了维多利亚桥就是昆士兰博物馆、昆士兰艺术中心和南岸公园。

昆士兰博物馆不太大，展品主要是些澳大利亚的昆虫和远古时代的恐龙化石，也有一些海洋生物。几个庞大的恐龙骨架占满了一层的展馆。这个博物馆很重视儿童互动项目，有很多孩子们活动的地方，画科学画，摸摸海洋动物等互动活动很多。二层是埃及文物特展，一群小学生在老师的带领下，拿着自己的科学实践册排队参观。展览馆禁止拍照，我就只在大门口拍了恐龙模型和昆虫展板。

博物馆的对面就是艺术中心，沿回廊走过去是一栋棕色的建筑，晚上有演出，可惜晚上开船，无法欣赏。艺术中心朝布里斯班河一侧，就是著名的南岸公园。金属的拱形支架将园中小路包裹起来，藤蔓植物爬满支架，形成了一条绿色的植物小路。我听到许多中国游客的声音，看来此处乃旅游团的重要景点啊。公园旁还有一架很小的摩天轮，感觉高度不过10米，不过摩天轮上可以拍到布里斯班河北岸市中心繁华的景色，可惜摩天轮今天维修。

我溜达着往回走，准备坐班车回船，却在班车站附近发现了更感兴趣的景点。

原来返程班车站是在以老中心火车站为中心的老建筑群附近。这些都是修建于十七世纪初期的建筑，包括火车站、议会厅、教堂，墙上还写着每个建筑的特点、建设时间和设计师，都是些南半球很经典的建筑。

街角的圣安德鲁斯教堂是一个不起眼的小教堂，棕色的砖墙和整个街道融为一体，塔楼也是低矮的，从不大的门走进去，给人一种别有洞天的感觉。巨大的木质拱架支撑起顶棚，一盏盏灯就挂在拱架的下面，一台巨大的白色管风琴几乎占据了一整面墙，琴下则是唱诗班的一排排椅子，可惜没有赶上聆听天籁之音。教堂中的一位老妇人热情地为我介绍教堂的一切，我似懂非懂地听着。她看到我脖子挂着相机，便将我带到了钟楼楼梯那里，这是有着百年历史的木质环形楼梯，从地下室直通楼顶。楼体内黄色的灯光和窗户透过的光以及环形楼梯旁的砖墙相互组合，使整个楼体从上向下看去仿佛是金银混合的螺壳。可惜我摄影技术不佳，没有拍到它最美丽的形态。

走出教堂，沿街还有很多古老的建筑，圣约翰教堂、老布里斯班海关大楼等。从海关大楼边的一条小道可以走到布里斯班河边，拍到不远处的故事桥（Story Bridge）。布里斯班河在城区拐了个大"几"字，所以城中心向东向南都可以到河边。

这一天也走了近3万步了，没有力气去更远的地方，就坐着班车回船上了。

回到船上下午2点，正好在船上吃免费午餐，这应该是最经济的岸上游了吧。谁知吃完饭，雨停了，艳阳高照，哎，但实在没有力气再下船逛了。

晚餐时，船开航了，走向下一个目的地。要六个航海日才能到达印度尼西亚。每天晚餐时，船长都会广播，无非是天气啦，我们走到哪里啦，海浪大不大啦，等等。船长讲话时餐厅寂静无声，大家都在仔细聆听。之后的一百多天一直如此，也是一种尊重吧。不管你是谁，在这条船上船长最大。

晚餐的聊天话题多是今天的行程，大家像汇报工作似的在讲各自的经历和趣事。杰奎琳最喜欢拿出iPad或手机炫耀自己的摄影成绩，的确他们两口子是运动型的，真能到处跑。我拿出螺旋状楼梯的照片却使她直呼惊艳，大叫着以后要去补课，看来这并不是一个大众化的景点。反正她们是澳大利亚人，去布里斯班很方便。

晚餐菜肴一如既往，好吃但样子不多，我不大好意思点两份主菜，主要是怕真的胖起来，但是最终还是在看完演出后，补充了些食物，肚子饱饱的入睡了。

晚上风浪有些大，毕竟南半球到冬天了，海况复杂，好在内仓摇晃得不那么剧烈。

📅 108天环球航行第4天
2018年6月8日,星期五,晴间多云

在海上

> 记录时间:21:50
> 记录位置:珊瑚海,大堡礁附近
> 记录坐标:22°44′43″S;149°44′09″E
> 当前航向:正北

今天是个大晴天,因为昨天在陆上行走很疲惫,我上午十点才从依然摇晃的床上艰难地爬起来。走在甲板上,已经有热带的感觉,阳光很暖和。通过船首劈开的浪花可以看出,船速很快,所以有明显的摇摆,但大家都习惯了。

自助餐厅的人不多了,只有几桌在喝咖啡聊天或者玩着扑克、填字游戏等。阳光通过餐厅的大落地窗照了进来,很是明亮。我拿了食物走到窗边的位子,看着大海吃早餐,品味着慢生活的快乐。

对面的桌子坐着一位东亚面孔的大姐,大约50多岁了,一头小卷发,很多头发都白了,脸上写着岁月的沧桑,化着不淡的妆,看上去有些像韩剧中的婆婆。她应该是和其他三个人一起来的,因为晚餐他们的座位离我不是很远。

我们礼貌性地互相点点头,她却热情地拿着咖啡杯走了过来,试探地问道:"中国人?"

"是的。"我回答道。看来船上中国人不少啊。

"我们是从台湾来的,你呢?"

"北京。"

于是她坐在我桌子旁,我们开始了中国式聊天。

这位于大姐真是善聊之人,一套标准的流程过后,职业、爱好、家庭、孩子,甚至毕业院校都交流了出来。台湾大姐和北京大妈的提问方式基本相同。

在这个英语环境中,中文的交流倍感亲切。原来她们闺蜜三个及大姐的丈夫四个人相伴走半个地球。

于大姐是个文物商人,在台湾也是个成功人士,常出入各大博物馆和展览会。我们聊了一阵台北故宫的翡翠白菜之后,话题回到了他们最爱聊的两件事上,孩子的就业和结婚。于大姐有一儿一女,大儿子研究生毕业,小女儿大三。因此,就干什么工作,在国内生活还是国外生活,应该什么时候结婚等一系列问题展开了讨论。想想我闺女明年也要高考,似乎完全可以融入这个情境中,真是感觉自己老了。

这无尽的话题一直聊到了餐厅准备午餐时,大家互相告别,约了以后常聊,漫长的海上日子靠聊天度过确实还是很快的。

自助餐厅在14层船头,从自助餐厅向船尾走,过了一道小门,就是中部泳池区了,也是活动人数最多的地方。泳池在12层甲板,所以14层中部甲板是围在泳池区上方的一个大的环形走廊,靠近自助餐厅一侧是烧烤吧,随时烤着汉堡肉排和热狗肠,台子上放着薯条、汉堡坯面包、热狗面包、各种芝士和蔬菜,以及吃热狗用的番茄酱、芥末酱和沙拉酱,你可以随时自制汉堡包或热狗充饥。船尾一侧则是巨大的屏幕,公主邮轮一大特色就是"星空影院"。夜幕降临,巨大的屏幕会放映电影,大家可以坐在躺椅上观看,有点小时候大操场上放电影的感觉,但比那个舒服,要是冷还有毛毯可以盖着,但是不早去很难抢到位置啊。

下一层台阶就是泳池,大泳池靠近船头,没有标准泳池那么大,水很蓝,是净化的海水,浅水区水深1.5米,深水区水深2米多,泳池边有圆形的冲浪泡池。船尾一侧高出两个台阶的地方是水球池,大约1.5米深,挂着球网,平时作为游泳池。每天下午3点,只要天气允许,必有水球比赛。布莱克是这个活动的常客,每次都能见到他。

下午在7层船尾的维斯塔俱乐部（Vista Lounge）有教授伦巴舞的课程，很多夫妇在学习，或是为了今晚的舞会在做准备。维斯塔俱乐部是除船上剧院外另一个重要的表演场所，有一个小舞台，一个舞池，有几排长长的沙发椅，摆着小桌子，兼有一些包厢似的围坐区域，像电影中的老上海歌舞厅。

今天是首次的正装日，此次航程大约七八天就会有一个正装日，当然也看行程，都会在航海日进行，为此大家下午4点多都回到房间打扮去了。我也回去洗了澡，换上正式服装。我今天穿了一身中式立领礼服。

快到五点半了，我出了房门去餐厅，看到大家纷纷穿着礼服走过走廊。第一次的正装日我还怕自己太正式显得突兀，却发现大家比我可正式多了，都是晚礼服，男士带着领结，女士则是露肩长裙，一位苏格兰裔男士还是方格呢裙呢。

隔壁的三姐妹正好也出了房间，先是一身"金光"的洁西冲了出来，淡金色的晚礼服和她洁白的皮肤配在一起，显得很是耀眼，金色长发盘在头上，加上七八厘米的同色系高跟鞋，让我只能抬头看着她。

"李，晚上好！"洁西和我打招呼，突然又惊呼到，"哦，天啊，你的衣服真是漂亮，这是中国礼服吗？"

"洁西，是的，这是中式礼服。"

"你穿上礼服真的快认不出来了。"

"唔——"这倒是常有的事，看惯了我穿休闲服的人，一看到我穿西装或礼服都是这个反应，看来我平时有些邋遢了。

"你更美，洁西！"我客气道。

"谢谢。"

这时，穿着黑丝绒小短裙的艾米丽也走了出来，栗色的卷发披在肩上，也是礼貌地和我打了个招呼。

洋子走在最后，穿的是一款白色的连衣裙，但是裙摆上有黑色的花纹，有些像水墨画，同样，她也对我的服装表示了赞美和喜欢。

我随三位美女走到电梯间，她们的晚餐在六层，因此我们约好晚餐后一同去参加五层大厅的船长酒会。

到了五层餐厅，我就看到所有的餐厅侍者均穿小礼服迎宾，麦克也站在人群中，一身礼服显得帅气得很，黝黑的皮肤也闪闪发亮，就向他打了个招呼。

麦克反应了一下，才惊呼到："Oh, hello Mr. Li！"

"你的衣服好漂亮，我都没有认出来。"麦克大声地解释道。

我只好尴尬地笑了笑，向桌子的方向走去。

"哦，李，你的衣服我老公也有一件完全相同的，是我们在新加坡买的。"坐在桌边的杰奎琳看到我过来兴奋地大声说道，"下次正装夜我让他也穿过来，真的一样。"

今天我坐在了维多利亚和肯特的中间。维多利亚身穿英式套裙，让她更像女皇了，肯特倒是着简单的西装，配一条伊斯兰风格的黄色领带，在他胸前的口袋上还挂着一排勋章。

"肯特，你是个军人？"

"是的，我退休前在新西兰军队。"

他的勋章是将勋表部分固定在一个塑料板上，塑料板另一端正好插在西装胸前的口袋里，看上去仿佛是别在了胸前，这样他可以在穿任何正装时佩戴他的所有勋章了。他还将勋章取下来交给旁边的雷，向他逐一介绍了勋章的名称。我的英文水平不足以了解这些专业词汇，大致上只能知道什么维多利亚勋章、圣乔治勋章。

"肯特，那你的军衔是什么？"我好不容易在手机上查到军衔这个词。

肯特示意我在手机上输入"C-O-L-O-N-E-L"。

原来是上校。想象着肯特戴着帽子穿着军装的样子，秃头、大肚子，还真的挺像电影里的英美军队军官的样子。

"哦，李，我这条领带还是中国来的。"

"真的吗，我也觉得眼熟。"

拿起那条新疆特色的领带反过来一看，旧旧的标志上写着"中国西北航空公司"。

"哦，这可是很古老的一条领带了，我以前似乎也有过一条，这家航空公司十几年前就被合并了。"我对肯特说。

"这是我第一次去中国时带回来的。"肯特说，"我最近一次去中国是去年。"

"都去哪里了？"

"昆明、成都、西安、北京。"

我记得好像问过他这些，不过貌似他都忘记了。

这一次，正式的晚餐没有龙虾，只有比较好一点的牛排，但是甜品似乎比平日精致得多。晚餐厅的酒水是要另付费的，肯特就买了白葡萄酒，酒瓶留在麦克那里，喝光了再续。珍点的是红葡萄酒，其他人都不喝酒，主要也是节省。

晚宴后，大家都聚集到了5层中庭，等待船长讲话。香槟塔已经摆放好，人们穿着各式的礼服，手里举着香槟或者葡萄酒，三五成群地聊着天。我穿过密集的人群找到洋子她们，从穿梭的侍者手中的托盘上取下香槟，递了过去。

"李，我已经喝了三杯了。"洁西看着都有些醉意了，皮肤有些红润。

"你们都年满21岁了吧。"我问道。

"不，我永远18岁。"洁西有些激动的和我说。

"洁西，21岁以下的不许饮酒。"我假装要拿回酒杯，"这是船上的规定。"

"不，李，还给我，我已经过了那该死的21岁了。"洁西喊道，标致的脸上一副气急败坏的表情。

"你少喝一点吧，洁西。"洋子在旁边劝阻道。

"没事的。"洁西满不在乎地说道。

正在这时，船长开始讲话了，老船长站在六层的平台上欢迎大家参加此次环球航线，而且此次是他最后一次环球航行了，到伦敦他就完成了他40年的海上生活，就该退休了。他将为大家提供最好的航行服务，等等。幽默的语言让大家哈哈大笑。

船长讲话结束基本上就是免费香槟酒会的完结了，之后的倒香槟塔仪式主要是为想照相的乘客举行的。船上的专业摄影师无处不在，但照片一张贵到近20美金，就算打折期也不便宜，所以全程我一回也没有照。

这时洁西突然拍了下我的肩膀，神神秘秘地给了我个眼神，刚才船长讲话时没看到她，也不知什么事，走过去才知道她在五层服务台的后面藏了四杯香槟，这会儿偷偷地拿出来给我们分享。

"怎么拿到的？"

"我让侍者给我留的。"

好吧，美女总有被优待的时候。

我们四个人走向剧场，今天的演出是好莱坞式的钢琴演奏会，也就是那种蹦蹦跳跳弹钢琴的表演。剧院的每个座椅把手内有小桌子，打开正好放酒杯。

洁西真的不常喝酒，最后回房间时步子都有些不稳了。我们道了晚安便各自回房睡觉了。

108 天环球航行第 5 天

2018 年 6 月 9 日，星期六，阴转晴

在海上

记录时间：22:50

记录位置：珊瑚海，大堡礁附近

记录坐标：14°28′46″S；144°51′08″E

当前航向：西北

今早船上时间调前 1 小时。

怪不得环球旅行都喜欢向西走，因为这样时间总是调前 1 小时，也就是说，我按照昨天的 9:00 起床，实际才是今天的 8:00。睡了懒觉还有早起的感觉啊。

虽然已经进入热带海域，但是今天早上起来走到甲板上，瞬间被冻回来了。在阴沉的天和冰冷的海风共同作用下，体感温度还是很低的。

刚刚第五天，千篇一律的早餐已经令我有些生厌了，永远的鸡蛋、麦片、面包，菜品则是各种蔬菜沙拉、烟熏三文鱼、培根火腿肠。我算是对西餐很认同的人了，有着丰富变化的午餐和晚餐我还是很喜爱的，但是早餐真的变化极少，以至于后来闭着眼也知道每个自助餐位摆着什么。

早餐我唯一爱的就是苹果汁了，自助餐厅仅早餐提供免费的苹果汁和橙汁。早餐时段后免费的冷饮就只有冰水和冰茶了，当然普通咖啡和茶是全天供应的。

吃完早饭，倒了杯苹果汁拿到 7 层，在酒吧找了个沙发坐下看了会书。船上的酒吧有的是全天开放的，有的则是晚上开放。这些酒吧如果在白天没有开展什么活动的话，座位你可以随便去坐，各种饮料的杯子用完也可以放在那里，自有服务生收拾。

一会儿的工夫，天气放晴，气温立刻攀升起来，紫外线极强。我放下书，戴上耳机，开始了运动时间。据说绕着7层甲板走十圈大约5000米，好多人都在或快或慢地走着，我也开始匀速前进。

　　走在被太阳晒到的一侧，就会感觉皮肤有些微微的烧灼感，汗水似乎很自然地就流了出来，而转到太阳被船身挡住的一侧，清凉的海风便会瞬间将你的汗水吹干，走到最后还感觉有些冷，此时你又基本快到朝向太阳的一侧了。这种来回往复的变化真是一种特别的"享受"啊。

　　正在这时，迎面遇见了杰奎琳，她也在环甲板走路，她见到我，停了下来，对我说："李，你走错了，在甲板上我们都是靠左走的，你这样会和别人撞上的。"

　　"哦，怪不得我也觉得有问题。"我说，"或许我们习惯了靠右了，对了，你们澳大利亚是靠左的。"

　　"不，李，不是澳大利亚的问题，好像船上就是这样的规矩，似乎是。"杰奎琳也是不肯定地说道。

　　"好的，照你说的办。"我点头道，我们继续开始自己的行走。

　　10圈到了，累得我一身大汗，还是太虚弱了，需要持续锻炼身体了。乘坐世界航线要严防生病，所以除了每天勤洗手外，还要多吃蔬菜，多运动。

　　我正要回到室内，突然看见洁西和艾米丽躺在躺椅上晒着太阳聊着天。7层的躺椅和14层阳光甲板上的不同，是一种木质的，放着软垫，有些像摇椅那样的躺椅。由于比上面的塑料质感的摇椅舒服，一直是老人们晒太阳的最爱。（因为14层的躺椅在泳池边，所以要用防水材料。）

　　"你们两个在学老太太晒太阳吗？"我开玩笑道。

　　"我们刚才看到你在走路了，你还没有那个老年人走得快呢。"洁西不依不饶地说。

　　"你们亚洲人很爱运动么？洋子也去健身房了呢！"旁边的艾米丽说。

"或许吧。"我调侃道，"亚洲女生婚前还是很爱运动的，我则是为了能吃下更多的饭。"

两个女孩笑成一团。

"说实话，我们运动的其实不多。"我说道。

"是的，洋子平时总是很忙的，不是打工，就是看书，只有在休假时才有时间运动，而我们平时做很多运动，所以放假了，就爱躺着晒晒太阳，看看书。"洁西说。

"是的，我也觉得你们总是好忙的。"艾米丽说，"而且你们也不喜欢晒太阳。"

"这倒是，我们很怕晒黑的。正好我要去买个防晒霜呢。"说着，我和她们告别，进入室内，下到 6 层。

船上的主要免税店在 6 层，化妆品、珠宝、手表、烟酒一字排开。船上纪念品店和杂物店等，还会不定时在 6 层大厅和 5 层大厅里摆上摊位，售卖各种便宜的包包、项链等。

作为购物白痴，那么复杂的化妆品店立刻让我败下阵来。买个防晒霜还挺麻烦，找谁帮忙呢，我想起了前些天在赌场认识的北京女孩何晴晴，就从旋转楼梯爬到 8 层，来到赌场。

赌场依旧门可罗雀，穿着马甲的何晴晴正站在老虎机边无聊地左顾右盼，看到我来了，她热情地迎了上来。

闲聊了两句，我问她如何买防晒霜。女生一说到化妆品就滔滔不绝，兴奋之情溢于言表，我们立刻约好 11 点她换班时我来找她，她和我一起去买。

再见到她的时候已经快 11：30 了，她风风火火地从赌场出来，先是问我是否等急了，之后则是抱怨赌场经理的事多，临换班了开什么会，我说没事，弄得她很不好意思的样子。

来到免税店，何晴晴立刻目光敏锐，先和看店的店员交流了解情况，之后再在防晒霜柜台仔细研究，然后要来几款试用装给我抹上，最后提出了一套性价比最高的解决方案，买大瓶的晒前身体防晒霜和晒后身体防晒霜组合，送晒前脸部防晒霜。我立即同意，刷船卡付账。其实我对这些瓶瓶罐罐真的没有什么具体感觉，在异香扑鼻的免税店近半小时的购物体验中已经头晕目眩了。

晴晴要赶着去吃午饭，下午上班，我表示了万分感谢后她又风风火火地冲向4层员工区。看来她们上班时很闲，下班时间倒是很紧张。

午饭后是一个慵懒的下午，我在甲板上游荡，看看书，抽根烟。

船的位置应该在凯恩斯附近，左舷方向应该是大堡礁的位置，可惜离得很远，什么都看不见，四下都是海水，只有船身劈开的浪花。

晚饭后，我来到14层甲板上抽烟，正好今晚星空影院开场，是巨石强森主演的《勇敢者游戏》。还有空位，我就去和侍者拿了两条格子毛毯，找了个躺椅坐下。盖上毛毯，微凉的海风吹过，真惬意啊。

📅 108天环球航行第6天

2018年6月10日,星期日,晴

在海上

记录时间:21:50

记录位置:越过约克角(澳大利亚最北点),进入阿拉弗拉海

记录坐标:10°36′37″S;140°51′28″E

当前航向:西

依旧是航海日,环球航行对于一般旅行者来说,最大的痛苦就是漫长的航海日,当然对习惯了坐邮轮的老船客来说,总能找到感兴趣的事打发时光。没有网络,没有工作,没有压力的邮轮慢生活是另一种生活方式,会让人有所改变。

今天一早艳阳高照,一点云彩都没有。我一身短装,穿着拖鞋满船溜达,一个字"热"。

早饭后我仍然坚持绕着7层甲板走了10圈,算是今天最大的运动量了。由于天气热了起来,甲板上的人渐渐多了,更多的人参与到慢步中,甲板上的躺椅、座椅已经人满为患了。看书的,打盹的,聊天的……

一群老人在甲板上玩海上沙狐球。这是一种比赛,两方各自选用一个颜色的圆盘,用推杆将圆盘推向远处甲板上的得分区。得分区是写着数字的九宫格,分别是1—9分,圆盘落入哪一格就得到相应分数,压线取最小分数,出了九宫格区域不得分。每队5个圆盘,可以像冰壶比赛那样撞击赶走对方的圆盘,最终统计得分。推杆和圆盘就放在甲板上的箱子里,九宫格画在甲板上,乘客随时可以免费玩耍,2—10个人均可开展游戏。

走完10圈一身大汗,又跑去健身房器械上运动了一会,这就算是我持续

锻炼了。

在健身房果然看到了洋子,这小姑娘天天准时来健身,我和她说其实在外面更好,空气清新,她也是同意的,但是仍怕晒黑。问到另外两位,说是去学习晚上派对的舞蹈了。

"今晚什么派对?"我问道。

"甲板摇滚派对啊!"洋子道,"你没看《每日快报》吗?"

《每日快报》就是船上发的每日活动信息,A4纸4页,包括船上服务介绍,重点活动,每天时间表和即将到达港的介绍等,可以算是船上的报纸,但广告很多,比如SPA打折了,画廊拍卖了,免税店折扣,酒水套餐什么的。因为是全英文报纸,又没有网,手机离线翻译准确性不足,所以我每天就大略看看。

"21:15开始,在12层甲板。"洋子说道,"艾米丽还要表演节目呢。"

"好的,一定去。"我说。

回到房间,我拿出《每日快报》又仔细看了一遍,除了摇滚派对,还发现介绍了即将到达的科莫多岛,一定要报船上的旅行团才能上岸,因为岛上有猛兽,很危险。我又赶快跑到5楼岸上游服务柜台报了团。

闲散的时光过得总是很快,各种吃喝玩后就到了派对开始的时间了。

派对占用了星光影院的地方,大屏幕上改为播放电子音乐的素材,摇滚乐队也在泳池边搭出一块小舞台,四处的氛围灯也已经亮了,衬托着泳池里的水波,很是好看。

泳池边的酒吧里也摆好了一箱箱的啤酒,用冰块镇着,准备大卖一场。人们穿着休闲的服装,在娱乐经理的带领下,已经开始在甲板上跳了起来。

洁西、艾米丽和洋子则一人抱着一瓶啤酒,百无聊赖地坐在酒吧吧台边的吧椅上,我走过去,坐在旁边,问道:"怎么不去跳舞?"

"No!"洁西向场地里努努嘴,说道。

只见场地中一片银发,老者们跳得可开心了。只是跳动的节奏稍显缓慢,而乐曲也是六七十年代的老摇滚乐曲，似乎是"ABBA"乐队的乐曲，难怪3个"90后"感到难以融入。

"有些像我们那里的广场舞。"我对她们说。

"那是什么？"

"是一种中老年人在街边公园跳的一种热闹的舞蹈。"我用最简单的词汇形容了一下广场舞，"在中国，应该有上千万的老年人在跳。"

"那是怎么跳呢？"洁西的好奇心被调动起来了。

"基本上有些迪斯科的样子，再加上些自创的舞蹈和手势吧，反正几百个人跳着相同的舞步看着还是挺震撼的。"我说。

"来，李，你来示范，我们跟着你。"她们说。

"很简单，左三步，拍下手，右三步，拍下手，前三步，跺脚，后三步，转圈。"

我们找到一个稍微宽敞点的地方，跳了两回就显得整齐多了，其实我并不会跳舞，所以接下来的动作就随心所欲了，但是强大的遗传基因使步子越来越向着秧歌发展。洁西十分兴奋地随着我扭了起来，但是艾米丽和洋子发现不对劲，停下来了，问道："李，这是真的吗？"

我只好红着脸说："自由发挥，自由发挥。"

"是的，这是中国的'秧歌'。"洁西突然说，"秧歌"两个字还是用中文讲的，"很多人跳得很整齐，衣服很红，很有气势，我在视频上看到过，中国舞蹈。"

有了洁西的解说，后面的老太太一听，共同学习起了"中国舞蹈"。

快到派对的尾声了，乐队主唱突然宣布，请艾米丽和她同台演唱，我惊讶地看向洋子。

"她和乐队约好了。"洋子说，"这可是我们莫纳什大学的歌后啊。"

只见艾米丽站到台上，当拿起话筒的那一刻，突然空气都安静了，一种光芒从她的身上散发出来,沉默而安静的艾米丽突然变得忧郁而狂野,音乐响起,她仿佛化作一头凶猛的雌狮。

"Another head hangs lowly, child is slowly taken

And the violence caused such silence…"

"The Cranberries?"我惊讶地问洋子。

"是的,小红莓乐队。"洋子回答道,"这是她的最爱。"

"那一月份桃乐丝去世的事?"我问到。

"是的,她几乎疯了,整夜在哭泣,我和洁西都不敢让她看到浴缸。"

"In your head, in your head, Zombie, Zombie, Zombie…"

歌曲在继续,人们或讶异,或安静,或痴狂地看着在台上演唱的艾米丽,仿佛听到了灵魂的嘶吼。

到了最后,泪水已布满她的脸,但是她的声音没有变化,一直在完美地阐述着这首歌,致敬她的偶像。

最后,她冲下台,回到我们身边,扑进我的怀中,放肆地哭了起来。

108天环球航行第7天

2018年6月11日，星期一，晴

在海上

记录时间：23:50

记录位置：阿拉弗拉海，达尔文以北

记录坐标：10°31′12″S；132°22′28″E

当前航向：西

今天依然是艳阳天，只有蓝蓝的天和蓝蓝的海，没有一丝云彩，温度很高。潮湿而灼热的空气似乎想将甲板上的人们都赶回开足空调的船舱中，但是澳洲人是真的不怕晒，泳池边的躺椅早上就被占满了。他们也像大学生一样，用书本、眼镜、包包等占好座后，再去餐厅吃早饭。

早餐时我遇到了艾米丽，她有点尴尬地对我说："昨晚有些太激动了。"我则表示理解，被借了肩膀呗，一个慈祥的叔叔而已。

聊到唱歌，艾米丽立刻激动起来了，对于出现了小红莓、U2、恩雅的祖国，艾米丽心向往之，虽然她的家现在在墨尔本，但是她更想回到家乡都柏林去唱歌，去实现自己的梦想。

任何时候，梦想才是生活的动力。

吃完饭聊完天，我们约好同去唱卡拉OK，是的，这个船有卡拉OK活动，到时候看看什么样吧。

绕甲板行走和器械锻炼成了我每日必做的功课，以确保身体的健康。每天手机里的计步器也是超过15000步的记录，确实是更有食欲了。

由于天气热了，我也尝试着游泳。邮轮上游泳池的水都是海水，从船底直接抽上来过滤后注入游泳池，水是咸的，在太阳的暴晒下也不是很凉，泳池不大，但深水区水深也在2米以上，太阳照在水面上，反光极其厉害，所以大家都戴着游泳帽和墨镜在水里游泳。

泳池边的按摩池则是淡水，圆形的按摩池大约可以坐6人，可以按按钮开始冲浪浴。水是温暖的，如果不那么晒就更加舒服了。

泳池边还有冲洗处，冷热水都有，毛巾则送到每个躺椅旁。

只坚持了半小时我就窜回船舱里了，实在是太晒了，感觉自己像是石板上的烤肉。

晚上自助餐是"亚洲美食街"。其实主要还是东南亚和印度菜。不过今天晚餐正餐厅的鱼汤颇似宋嫂鱼羹，虾也很好吃。

看完晚上的独唱音乐会后，我跑到自助餐厅吃夜宵时遇到了下班来吃饭的何晴晴。船上高级别的船员和艺员是可以到自助餐厅来吃饭的，但要避开高峰时段，而一般船员和服务员则只能去员工食堂，船上的等级划分还是很严格的。

何晴晴正是可以到自助餐厅吃饭的最低级别，所以经常过来吃饭，只不过今天才遇见。船上的工作对会6种语言的她来说，简单得很，而且没有强烈金钱欲望和升职欲望的她和谁都处得挺好，并且赌场和免税店都是在靠岸时必须关闭（因为所到达国家的法律规定），所以这两个部门可以和游客一样到岸上旅游，除非值班。

太好了，正好我英语不好，这就找到岸上游的英语翻译了，因此我们约定上岸后有时间就一起行动，可惜她的合同到伦敦就要到期了。

📅 108 天环球航行第 8 天

2018 年 6 月 12 日，星期二，晴

在海上

> 记录时间：19:30
>
> 记录位置：帝汶海
>
> 记录坐标：10°27′47″S；127°00′52″E
>
> 当前航向：西

漫长的航海日让乘客们都有无所事事的感觉了，好在这些天在澳大利亚北方的海域风浪小，所以大家就百无聊赖地全船瞎逛。船方安排了些活动，主要是老年人喜欢的讲座、针灸健康知识等，要不就是卖东西。去何晴晴那里她也在抱怨，以前上岸日很多。她们的工作主要都是在晚上，但航海日是全天开放的，所以本周无休息。

洁西她们也觉得无聊，所以在我例行运动的时间结束后，她们跑过来说要和我学习中文，了解中国文化。方法是什么呢？打麻将！

原来赌场在旁边的区域设置了棋牌室，大家可以打牌、玩桌游什么的，都是免费使用的，所以这里才是赌场内人最多的地方。

麻将牌不是传统的方块牌，而是一个个小片片，有点像马赛克。牌面也是长方形，条和筒与传统麻将牌基本一致，万上面的数字用的是阿拉伯数字。并且，在每张牌的右上角，有 3 种颜色的数字对应，七万的右上角就是红色的 7，六万的右上角就是红色的 6，八筒则是蓝色的 8，所以看不懂牌的人也可以拼相同颜色的数字，没有东南西北风和中发白。

玩的时候牌也不是码整齐，而是散在一堆随便抽。每个人面前有一个小架子，可以将麻将牌片插在里面摆整齐。架子有个很科学的斜度，可以保证自己看到而别人看不到，打出去的牌则正面放在另一堆，也不分谁打出去的。每

个人还有本麻将规则，记录怎样玩和和牌，其实这是他们把玩填字游戏的工具和方法转到麻将上了。

这个规则完全不同的麻将搞得我快晕死了，怕是回国都不会打麻将了。她们三个也觉得奇怪，不是中国人都会打麻将吗？我只好告诉她们，这个和中国的麻将完全不同。

看到旁边还有扑克，就拿过一副牌来教她们三个斗地主。半小时后，我作为多余的人就被她们指派去自助餐厅拿冰水了。

今天又是礼服夜，依然没有龙虾，大家的热情也被漫长的航海日磨没了，没有什么活动和美食的诱惑，今天估计有三分之一的人没有穿礼服。但是，没有穿礼服的人都去自助餐厅吃饭了，正餐厅一定要穿正装才能进入，所以餐厅里依然人人着正装。

布莱克真的和我穿了相同款式的立领礼服，只不过他的衬衫是蓝色的。大家说真不错，像两兄弟一样。

今天比较有特色的是馄饨汤，里面只有一个馄饨，但味道很鲜美，我向麦克要了双份，熟悉的感觉温暖了我的胃。

今天晚上遇到了一件恐怖的事：

在自助餐厅吃夜宵水果后，我和维嘉站在取餐区闲聊，突然闻到了一股烧焦的味道，我立刻和维嘉说："不对，有东西着了。"他仔细一闻，立刻喊着向后厨跑去，这时另几位厨师也发现不对，纷纷冲向操作间。

一下子，一股黑烟突然从操作间的门内窜了出来，好在很快就被控制住了。

维嘉出来说，是洗碗机坏了，电路短路。

老船老设备，真恐怖。

火警铃声一响，不到两分钟，船长、大副和餐厅经理纷纷跑来。每个人都十分紧张。邮轮怕火甚于怕水，狂风巨浪自有应对办法，但着了大火可就真走投无路了。

108天环球航行第9天

2018年6月13日，星期三，晴

在海上

记录时间：23:06

记录位置：萨武海，松巴岛以北

记录坐标：9°21′34″S；120°37′45″E

当前航向：西北

今早时钟回调一小时，现在时间换到了北京时间（东八区）。

当时钟回调一小时后你还是晚起床，只能说明你真的赖床了。

我起来已是快中午饭的时间了，真是舒服啊。出来第十天了，得洗一下衣服了。出门问了下正在忙碌的小飞，自助洗衣房离我的房间很近。小飞他们一天要打扫二十几间客房，真的很辛苦。每年做九个月歇三个月，他已经续第四份合同了。他们只能在员工食堂吃饭，到岸后也只能收拾完房间下船去待上不长的时间。

有客房的每一层都会有一间自助洗衣房，两台洗衣机、两台烘干机，投币式。可以在墙上的自助售币机上用船卡购买专用币，而且这个自助售币机有中文界面，真是惊喜。每个币是3澳元，还有一种购买洗衣粉的币1.5澳元。洗衣粉在另一面墙上投币购买，一次一方盒，应该是洗一桶衣服用的，但是衣服没有那么脏的话两桶衣服也够。洗衣机用一次3个币，烘干机也一样，投币启动后基本上是全自动状态，看好时间再来收取就好了。房间内还有熨斗、衣板什么的，都是免费用。洗衣房很干净，有专门的服务人员每天打扫几次卫生，同时也会清洁机器。有了自助洗衣房还是很方便的，在房间里手洗很难挂晒，而船上的大洗衣房洗一件衬衫要七八澳元。所以坐长线邮轮一定要坐有自助洗衣房的邮轮。

锻炼时间改到了下午，不过也算坚持下来了，下午3点布莱克他们邀我一起到泳池打每日的水上排球赛。水上排球池是个长方形的小池，就在大泳池的旁边，更靠近星空影院大屏幕的地方，水较浅，中间支着球网，每天下午三点半是自发的比赛时间。看着这帮黝黑的肌肉发达的大汉，这会正是一天最晒最热的时候，我只好敬谢不敏。

别的不提，今天的经典活动是观星，在14层甲板尾端。洁西和艾米丽兴趣不大，只有洋子和我约了同去，何晴晴则说下班就过去。

观星在晚上十点半左右，还为每个参与的乘客发了个耳机。时间一到，船尾的灯一下子都关了，漫天的星光瞬间撒了下来，这还是我头一次看到南半球的星空。虽然现在的位置极近赤道，但仍与北半球不同。耳机里传来讲解，可惜英语不佳，有些话也是请洋子帮忙用更简单的英文单词解释才明白的。娱乐部的副经理则拿着一个星图，用激光笔为大家指着正在讲到的星座，看来他也是非专业人士，有些手忙脚乱。总算看到了南半球的蛇夫座和南十字星。

在最后自由观看的时候，洋子指着船尾正对着的一颗明亮的星问我："这是什么？"我看到这颗星星很亮并且有些泛红，看不到一闪一闪的脉冲光，就对她说："应该是一颗行星，具体是哪颗没有星图我就不知道了。"她跑去问了副经理，又吃惊地跑回来说："是Mars（火星），李，你真厉害。"我只能暗笑，还好，没有给学地理的丢人。

等大家都散了，何晴晴这家伙才来。得，我还得重新给她再讲一遍，只是灯光一开，光扰太强，只能对付着看了。

只有船尾正对的火星光亮很强，火星下面，就是船穿过黑暗的海水后留下的白色浪迹。

登陆科莫多岛的旅游团票送到了房间，明天终于可以登上陆地了。

📅 108 天环球航行第 10 天

2018 年 6 月 14 日，星期四，晴
6:30—16:00 停泊印度尼西亚科莫多岛

记录时间：20:51
记录位置：弗洛勒斯海
记录坐标：7°59′36″S；118°46′23″E
当前航向：西偏北

　　强迫自己早起了一天，到甲板上，船已经停泊在科莫多岛边的海湾内，船员们正在忙碌地放下救生船。由于邮轮船体较大无法靠岸，只能用救生船充作摆渡船去岸上。

　　邮轮的救生船安装在船身两侧，8 层的位置，也就是 7 层环船甲板的上方，用起重臂吊着。在出现逃生需要时起重臂可以翻转将救生船摆出船体，放到 7 层甲板边，乘客可以从 7 层甲板直接登船，人满后放绳索将救生船放到海面上。当然，现在不是紧急情况，所以只是将几条救生船放到海面上，在 3 层出口旁搭建一个小浮台作为临时上船码头。

　　因为全员跟团上岛，所以大家先在船内集合地集合，然后分组上船。

　　救生船很大，可以坐 100 多人。一层是船舱，有一排排座椅；二层是驾驶台；船中间两侧是舱门。救生船还是很拥挤的，好在不到 5 分钟就到陆地了。

　　上岸就到了一个石坊前，上面写着"欢迎来科莫多国家公园"。科莫多国家公园面积很大，但是开放区只是很小一部分，走最长线也就 3 千米。岛上植被不是很密集，有些树木泛黄了，是个稀疏的热带雨林群落。

　　科莫多巨蜥，学名 Varanus komodoensis（Ouwens,1912），巨蜥科巨蜥属的一种动物。又名科莫多龙，是现今已知存在种类中最大的蜥蜴。科莫多

巨蜥凶猛，成体吃同类的幼体，有时吃其他类的成体。运动灵活，偶尔攻击人类；主要以腐肉为食，每天出洞到几千米以外的地方觅食。

所有的当地导游都拿着架杆，每组游客最少配备两到三名导游，并且特意问询游客是否有创伤，女性游客是否在生理期，这些人都需要专门导游陪同。进入之前导游特别介绍了科莫多龙的凶猛，可以上山下海，而且速度很快，然后带我们走进了热带雨林中的小路上。

一开始大家还是很紧张的，紧跟导游并来回地关注两边的草地，结果一路无事，根本没看到一只野生的科莫多龙，估计早被上千的游客吓跑了。最后我们来到岛上的科莫多龙观赏区，这里的科莫多龙基本上是饲养的，但是没有笼子和围栏。科莫多龙估计已经被喂饱了，颇为惫懒，巨大的身躯趴在地上晒太阳。但是这些科莫多龙野性仍存，庞大的身躯经常可以达到意想不到的速度，所以好几个导游都拿着架杆围在旁边防备着，并且不让游客太接近它们。

岛上的旅游设施基本处于原始状态，路也是土路，老人们走起来有些困难，好在路程不长。导游问我们能爬山么，得到部分人的肯定回答后，导游就带着我们一众体力还好的人爬到了一个小山上。眼前景色豁然开朗，可以远眺到海面、海岬和停泊在海湾内的邮轮，甚是美丽。这个景点似乎只有我们这个团上去了，在晚餐时间同桌几个人几乎都没有到这个地方。

由于目的单一，中午饭就回船上吃了。过了个慵懒的下午，船就起航向下一个目的地驶去。

晚上，船上的星光影院直播了俄罗斯世界杯的开幕式，并且告诉乘客们全程有直播信号。这下可有事情干了。这还是第一次无忧无虑地全程看世界杯呢，而且随着船向西行，淘汰赛阶段我们的时间将会和欧洲同步，不用熬夜看球了。

揭幕战俄罗斯5：0大胜沙特阿拉伯。

108天环球航行第11天

2018年6月15日，星期五，晴，有云

在海上

记录时间：22：26

记录位置：爪哇海

记录坐标：4°29′33″S；110°56′15″E

当前航向：西偏北

又回到了全天航海的日子。

赤道海域的风浪明显小了，但是温度却高了。沿着甲板走10圈下来，已是大汗淋漓。而船舱里的空调温度开得很低，很冷，真的是冰火两重天啊。

洁西她们三个自从学会了斗地主，到处都能看到她们三个凑堆儿打牌的身影，见到我除了明确一下规则细节以外并无他话，晴晴则依然在冷清的赌场值班。

环球航程太多的航海日程，让人们已经将船上生活变成了日常过日子的状态，或许到了停泊点密集的欧美会有变化。但这种没有网络，没有打扰的慢生活也算是新的体验吧。

和秉信兄熟识是在船上的吸烟区，他就是于大姐的老公。以前偶尔在吸烟区见面，无非点头致意或简单聊两句而已，因不熟悉各自脾性话题较少，但是现在世界杯开始了，足球成了我们沟通的重要渠道。

张秉信兄，五十余岁，台商，烟民一位。他的烟瘾可是极大的，在吸烟区基本等上一会儿就能看到他。

吸烟区在12层泳池吧的左舷侧，有十几张桌子，实际是泳池吧的一部分，其中几张桌子基本上被一群老烟民全天占据着。他们就在这里聚着打牌，玩填字游戏什么的，渴了叫些啤酒饮料。在澳大利亚，烟草税极贵，一盒烟要100元人民币以上。

"秉信兄在大陆经商有20年了，现在也算是小有成就。临近60岁退休的年纪，他是看开了，更希望感受生活，拥抱远方。"以上是秉信兄听说我是个作家，想把这次环球航行写成书时，叮嘱我要这样描述他。

实际上他是被老婆和她的闺蜜们拉来拎包的。

不过他在大陆算是成功的台商了。不管怎样，两个中国球迷在足球上还是有很多共同语言（同病相怜）的，今后看球有伴了。

下午时分，洁西她们三个突然不打牌了，而是拉我一起到12层甲板看冰雕表演。1米高的大冰块立在那里，被炙热的阳光晒得冒水汽，走近还有些凉意。可惜天上的太阳太猛烈了，人们都跑到背阴处远远观看。

"看的人不多啊。"洋子问我。

"是，这个怕是公主邮轮的保留节目，他们每艘船似乎都有这样的表演，上次我去帝王公主号上他们也有冰雕表演。"

"哦，难怪，这船上大部分人都坐了很多次公主邮轮了。"艾米丽说。

这时，一位厨师上场了，穿着厨师服，蹬着雨靴，拿出他的一套冰雕工具，开始了他的表演，冰碴飞舞，争分夺秒，这么热的天冰化得实在很快。

最后，一只海豚立于眼前，可以看出样子但不是很精细，不过大家很满意地鼓掌致敬，只有我和洋子对看了一眼，中餐和日餐的雕工可比这个水平高多了。当然之后我们随大家一起去鼓掌拍照了。

"上次在帝王公主号上的一位老师傅更厉害。"拍照之后我对她们说。

"雕的更像吗？"艾米丽问。

"不，应变能力强，"我说，"他本来要雕一只天鹅，结果在即将完成的时候天鹅脖子突然断了，掉了下来。"

"啊，多可惜，"洁西惋惜地说，"那他可怎么办？"

"老师傅想了想，就更深的凿了下去，最后将冰雕改为一只雄鹰。"我一面说一面比画道，"弯脖的天鹅变成缩脖的雄鹰了。"

　　三个人立刻爆笑一团。

　　平常的日子平常过，晚饭后看世界杯，这次改在7层体育酒吧了，因为大家一般只看自己国家的球队，像我们这种国家队进不去还场场都看的人不多。

　　今天乌拉圭1：0险胜埃及，苏亚雷斯老了。

📅 108天环球航行第12天
2018年6月16日，星期六，晴，有云

在海上

记录时间：19:06

记录位置：越过赤道

记录坐标：0°00′00″S；106°32′00″E

当前航向：西偏北

今天，海公主号将从南半球越过赤道，来到北半球。

这是我第一次在船上越过赤道，听说以前海船在越过赤道的时候都是有祭祀海神的传统的，日报里也介绍说中午船上会搞跨越赤道仪式。

早餐时见到洋子她们，就想约着一起去看这个仪式，没想到她们都要参加，正好找到我这个摄影师，要我为她们全程照相。

临近仪式，我来到甲板上，看到一群人站在那里，都穿着希腊式的服装，洁西、艾米丽和洋子都在其中。服装应该是船上提供的，就是那种露着一侧肩膀的白纱长裙，和在奥林匹斯山点圣火的圣女们穿的一样。人高马大的洁西很适合这种服装，洁白的皮肤和衣服应和着，有些传说中神祇的味道，只是身材略显侵略性；艾米丽稍显瘦弱，但是也美极了，修长的脖子和肩胛弯出一道完美的弧线，也许月亮女神阿耳忒弥斯就是这样吧；洋子的东方面孔与西方的服饰相配，则有一种妖娆的韵味。她们三个见到我便走了过来。

"李，漂亮吧？"洁西转了一个圈，长裙微微扬起。

"很漂亮，"我道，"像个女神。"

"那我呢？"艾米丽也问道。

"你也很美。"我回答道。

"我是不是不适合这个？"洋子有些不自然地问。

"很好的，显得你很美的。"

这时洁西不怀好意地问道："那你说谁最漂亮呢？"

"都很漂亮。"我回答。

"具体点。"洁西追问。

"我不是帕里斯，没有金苹果，好吗？"这种送命题绝不回答。

"天啊，李，你竟然知道希腊神话？"

……

好在仪式开始了，她们都去站队了。竟然这么看不上我，哼，到时候叔叔教教你们。

主持仪式的还是娱乐部的人员，先是请船长正正规规的致词，之后就有些搞笑了，化妆的海神波塞冬戴着王冠携着王后出现了，还有那纸质的都耷拉下来的海王叉。

一通祈祷词后，那个身高150厘米的娱乐部副经理不知从哪抱出来一条鱼，好像是三文鱼什么的。下一个仪式是每人都要亲吻这条鱼，嘴对嘴亲哦，把乘客们吓得四散奔逃，最后只有两个很有勇气的人亲了一下鱼嘴。我一看，竟然是布莱克和杰奎琳两口子，不愧是勇敢的人啊。

接下来是将七彩的鱼骨粉撒向乘客们，开始还念念有词，后面就整盆泼了。大家像打蛋糕仗一样来回攻击，最后有人又从游泳池中打出海水对着泼起来。洁西她们三个美女也变成染布坊的老板娘了。

总之，混乱而且搞笑的仪式就这样荒诞地完成了，大家集体回屋洗澡去了。

晚餐时见到杰奎琳，我问道："今晚要吃鱼吗？"

"No."杰奎琳闻了闻嘴边的味道。

晚上看球赛多了很多人,因为有澳大利亚的比赛,洁西她们都到场了。大家一起点了啤酒,可惜澳大利亚1∶2输给了法国,她们就失落地跑回房间去了。

阿根廷对冰岛1∶1,梅西老大的点球又没进。

📅 108天环球航行第13天

2018年6月17日，星期日，晴，有云

9:00—17:00 停泊新加坡

> 记录时间：19:49
> 记录位置：马六甲海峡
> 记录坐标：1°13′00″N；103°31′32″E
> 当前航向：西偏北

今天登岸拜访新加坡，一个花园般的城市。

这是我第一次来新加坡，小时候知道新加坡还是从20世纪80年代的一个电视剧《调色板》中了解的，这似乎也是我看的第一部现代城市生活的电视剧。之前看到的港台剧都是《霍元甲》《射雕英雄传》等武侠剧。电视剧的剧情早已忘记，但是主题曲记忆犹新："城市生活中你我失去什么，拥有是什么……"

所以新加坡算是我了解的第一个外国城市了，也是我第一次对一个国家和首都是一个名字感到好奇。

30多年后，我来到这里。

新加坡邮轮码头介于新加坡本岛和圣淘沙岛之间，码头边的不远处就有地铁，所以可以低成本进城，无须参加旅行团，而且地铁购票机也有中文显示。我则开启了背着相机包长走的模式，由于时间短，所以就只是到著名的景点转转。网上说新加坡的夜景最美，可惜下午5点船就要开了，好在新加坡签证是3年多次往返，找时间再仔细来看看吧。

地铁坐到city hill站，走上来是来福士广场，出来到街道上，立刻感觉到了这个城市的与众不同。

干净的街道上有些潮湿，又下了一些小雨，街边的树木都是极浓重的绿色，树枝盘根错节，似乎能喷出生命的气息。周边的老建筑是白色的，有着欧式的拱门，在浓绿的衬托下显得分外白。现代建筑也穿插其间，白色和玻璃质地为主，显得整个街区都是光亮的。

街边的教堂也是同样的色调，适逢周日，似乎有宗教活动，我就没有进入。

一路向东，就看到两个榴梿形状屋顶的建筑，这是新加坡滨海湾艺术中心。用玻璃拼成榴梿形状，很有创意，可惜我想到的是味道……

通往艺术中心的地下通道内，正好有十几个女孩在排练舞蹈。她们将白色衬衣下摆扎在腰间，穿着黑色的短裤、白色的运动鞋，如一道美丽的风景，让往来的人不由得驻足观看。新加坡女孩和中国女孩长相差不多，舞姿也大体相同，完全无法分辨。估计她们是在准备去艺术中心的表演吧。

穿过通道向南一拐就看到了新加坡的城市地标——鱼尾狮，它坐落在新加坡河的河口，已经喷了46年水了。所以电影上只要看到这个喷水的狮子，就知道是在新加坡。

和世界其他著名景点一样，人山人海的游客围着喷水的鱼尾狮雕像各种拍照。河对面可以看到摩天轮和金沙酒店的三座大厦及顶层连通的船形空中花园。

继续向西南，就进入了高楼林立的城市中心商务区。各种银行和写字楼在这小小的区域林立，颇似北京的大北窑和香港中环。今天周末人很少，但可以想到工作日这里必是人潮涌动。

穿过这片高楼就是克莱士街，沿街两侧中国氛围渐浓，一路向西，在一个小巷子里就看到天福宫了。天福宫实际上就是个庙宇，和广东福建的庙宇很相似，据说是这里很重要的寺庙建筑呢。天福宫这一片就是Chinatown，中文名叫作牛车水。

我本想尝一尝肉骨茶，但是长时间的行走和炎热的赤道气候让我感到很不舒服，正好牛车水地铁站在这里，我就狼狈地回船歇息了。

这高湿炎热的气候我真的受不了，回来后简单吃了一点水果就在房间蒙头大睡了，直到开航的汽笛声响起我才醒。

晚上去了餐厅才知道，今天是维多利亚的生日，她今年应该是85岁了。全桌人写了张生日贺卡送给她，餐厅经理带着麦克和另外几个服务员围过来一起唱生日歌，并送给维多利亚一个小蛋糕。维多利亚今天穿得很精神，戴着珠光宝气的饰品。

今天还是父亲节，晚饭后和老爸老妈视频了一下，因为贴着新加坡进入马六甲海峡，所以手机有信号。老爸的病已无大碍，我也就放心了。

靠在船边看到密密麻麻的客货轮或者在马六甲海峡行驶，或者在停船等候。海面上灯火通明，不分昼夜。

108天环球航行第14天

2018年6月18日，星期一，阴，风浪大

在海上

记录时间：21:14

记录位置：缅甸海

记录坐标：6°00′16″N；95°55′04″E

当前航向：西偏北

今天将时间调回一小时。

漫长的航海日又开始了，因为这条航线的主要停泊地在欧美，所以太平洋和印度洋有很多航海日。穿过马六甲海峡后进入印度洋区域，风浪立刻又大了起来。

我在新加坡一天走了有3万多步（手机计步），加上炎热潮湿的气候，有些中暑的感觉，所以只是走马观花，而没有细致地游览，也没有去圣淘沙、动物园等著名的景点。邮轮旅游就是这样吧，有遗憾也是一种美，让我有近年再去补课的欲望。

睡了一大觉起来，不舒服的中暑感已经消失，但是天气非常不好。海浪拍打着船身砰砰作响，溅起的水花有时能飞到7层甲板，房间里的床也有些吱吱作响，衣柜中的衣架来回碰撞。好在我住的是船中的房间，估计两侧的阳台房晃动会更加厉害。

在船内行走要扶着栏杆，上下楼梯更要抓紧。楼梯的每个拐弯处的扶手上都会绑着一个袋子，里面装着像飞机上一样的呕吐袋，给晕船的乘客们使用。不过我看乘客们倒是没有什么太大的反应，都像老水手一样很淡定。晴晴说，这风浪算是小的，澳大利亚和新西兰之间的海域经常有大浪，比这个严重得多，

船客们早在那时锻炼出来了。

  环甲板走路的运动因为船身晃动不好进行了，所以我只能在健身房跑步机上锻炼身体了。当然走起来也需要对抗船的晃动，要是跑起来双脚离地的瞬间就会觉得悬空了，脚下的跑步机好像飘了一样。

  为了打发无聊的航海日，船上搞了很多活动和讲座。讲座一般都是讲一些历史人文知识，请了一些较著名的专家，比如今天就是手势和肢体语言如何影响跨文化交流，可惜我的英文水平不足以使我听懂这种专业报告，而且这种讲座一般也是老年人的最爱，不为学到什么，只是猎奇和打发时间。活动更多是制作个小东西，学习下跳舞，或者组织个合唱团大家一起练练歌什么的。由于老年乘客占绝对优势，所以活动内容更偏向他们。

  洁西她们三个对这样的航海日感到十分无聊，斗地主的兴奋劲儿也过去了，一天百无聊赖地晒晒太阳，吃个冰激凌什么的。泳池边有个冰激凌吧，卖新西兰冰激凌，收费的，但是不太贵，很好吃。但是我一个大叔拿着冰激凌到处转实在是扎眼，所以全程也没吃几回。

  在自助餐厅吃下午茶点的时候我们凑到了一起，洁西突然提议："不然我们每天讲故事吧。我们来自不同的国家，肯定有很多不同的故事。"

  "这简直像薄伽丘的《十日谈》的场景了。"我说道。

  "是呀，这多有趣。"洁西惊诧道，"李，我发现你对欧洲的文化了解很多啊。"

  "了解一点点。在中国写欧美文化的书很多，但是我看你们写中国文化的书很少。"我说道，"当然可能我英文不好，也看不懂这些。"

  "不，确实是，我在学习中文的时候发现关于中国文化的书确实不多，而且对中国的研究都是专题化的，一段一段的，看起来稀里糊涂。"

  "要不然我们再找些人一起来讲故事吧。"艾米丽突然说道。

  "杰森他们吗？"洋子问道。

"是两个美国人，"洋子转过头对我说道，"健身房认识的。"

"当然好啊。"我回答。

"也行，"洁西道，"一起来玩吧。"

"我刚才看到他们在那边了，我去找他们。"艾米丽说完便走了出去。

"那是两个爱尔兰裔美国人，"洁西偷偷对我说，又耸了耸肩，摊开手说，"美国人。"

洋子也和我说了，艾米丽前些日子百年不遇地和她一起去了健身房，就认识了来自美国的杰森他们。

正说着，艾米丽带着两个男孩走了过来。

"介绍一下，杰森和彼得，这是李。"

握手入座，两个男生都是有些泛红的卷发，身体强壮，一看就经常健身的样子，个子倒不是很高，不到180厘米的样子。看得出他们和艾米丽已经很熟了，坐在了她的旁边。

"我的英文不大好，请你们说些简单的单词，慢一些。"我先说道。

"Where are you from?"

"China."

"Oh China, which city?"

"Beijing."

"Oh, I know Beijing."

去国外的一套标准介绍流程，感谢奥运会，让这些拿着世界地图都找不到美国的美国佬认识了北京。

艾米丽说了洁西的计划后，大家都表示赞同，作为每日下午茶时段的共同节目。

之后大家回房换装，今晚又是正装夜。

晚间正式晚宴，菜真的好一般。正装夜船上的特殊活动又不多，只是照相部门忙着挣钱。今天我没有穿中式礼服，只穿了西装打了领带。

餐桌上人还是挺全的，大家有事没事地闲聊，我则变成了汇报世界杯赛况的报道者，大家都从我这里知道结果就好了。不过很多国家名的发音和中文发音截然不同，所以借此世界杯的机会我也学习了不少国家名字的发音。

晚间船晃动很大，看球时倒是不觉得，看完球我和秉信兄跑到12层甲板抽烟，只感觉风浪剧烈，晃动极其厉害。

我被摇得晕晕乎乎的，回到房间就直接睡大觉了。

📅 108天环球航行第15天
2018年6月19日，星期二，阴有阵雨，风大浪高

在海上

记录时间：21:00

记录位置：孟加拉湾，印度洋

记录坐标：6°01′26″N；89°02′44″E

当前航向：西

生物钟乱七八糟，今晨回调半小时，时间是彻底乱了。

如果算不清时间，就打开舱里的电视，有一个频道专门放映现在所在的海区和时间，在客舱外面则可以看电梯间钟表的时间。船上打电话和上网都用的是海事卫星电话的流量，价格极高，所以可以抛开手机，过一下30年前的生活。

昏暗的天，摇晃的船，我似乎一下没有了什么兴趣，困意十足。以至于今天起床也晚，吃午饭也晚，晚餐也没有去正餐厅吃，直到8:30看完球才去自助餐厅吃了一些。

船的摇晃程度会使大多数人眩晕，并且撑过眩晕感后会觉得浑身像是运动过，很累。因为身体为了对抗摇晃保证平衡会不自觉地反向用力，就和那些"抖脂机"一样，因此人就会有饥饿感。可是到了餐厅，又会因为摇晃而觉得没有胃口。这样，虽然身在船上，却劳累无比。

第一天的故事会就失败了，风浪太大，艾米丽和洁西被风浪折磨得有些难受，都躺在了床上，只有洋子过来打了个招呼，坐了一会儿喝了杯茶，就回去照看她们两个。我就简单和杰森还有彼得聊了聊。两人都是麻省理工毕业，创业做了健身的APP，然后传统的融资后被收购，不到30岁也是小有资本的

成功人士了，这次也是准备完成环球心愿后，再回去继续创业，总之就是传说中的"硅谷神话"。

我们匆匆喝完茶后各自离开，跑到阴雨绵绵的甲板上去抽烟。吸烟区只有顶棚和两面墙壁，纷飞的细雨伴随着海上的冷风不断灌进来，所以大家都窸窸窣窣地躲在角落中，连座位都不去坐了。

这里面当然有秉信兄，我凑上前去，费了好大劲儿才点着火，一起吞云吐雾起来。

旁边的游泳池已经挂上停用的牌子了，池水被晃得左右拍打，几次都泼到了甲板上。从甲板上向海中望去，灰色的浪花翻涌着，我们的船就是一叶孤舟在浪花中起起伏伏。

秉信兄倒是闲庭信步，左手端着咖啡，右手夹着烟，站在那里很是稳定。我不免羡慕地问道："你真是很经得起风浪啊。"

"风浪还行，船还是大，晃动会小些。"

"佩服佩服，秉信兄看来常坐船啊。"

"也不是太常坐，只是年轻时搞些极限运动，习惯了。"

"真的，这么厉害啊。"

秉信兄看我不信，就将咖啡放到窗台上，拿起手机，给我展示了图库里保存的照片。当看到一个留着长卷发的青年，或者骑着哈雷机车，或者站在克利伯帆船上，我无论如何不能将他和眼前这个小腹微凸，头顶锃光发亮的中年男人联系在一起。照片已有些灰黄的印记，估计是老照片翻拍的。

下面的时间，就是两个中年男人控诉岁月这把杀猪刀的时候了。

晚上发了通知，明早有防海盗演习，要待在舱内。我还没看完，就倒在床上了。

108天环球航行第16天
2018年6月20日，星期三，晴，风大浪高
在海上

记录时间：23：00

记录位置：斯里兰卡岛以南印度洋

记录坐标：5°49′38″N；81°24′01″E

当前航向：西偏南

今天早上时间又回调1小时，现在是科伦坡时间，比北京早两个半小时，斯里兰卡是个半时区地区。算起来好麻烦。

因为倒时差，今天起床早了。太阳出来了，没有阴云笼罩一下子心情都好了起来，加上离岸近了风浪也小了一些了。环船甲板的走步体育锻炼被我强行恢复了，身体健康很重要啊。

早间的防海盗演习都有什么，我也不知道，因为演习中乘客们要做到的是都待在屋里。或许阳台房的乘客还有关上窗帘关上灯什么的要求，对于内舱房的我们来说却是什么事情也没有，只要别自己搞事情就成。

洁西她们三个就是搞事情的高手，在小飞挨门挨户说完请乘客们待在舱里后，她们突然拜访了我的舱房。

至于有什么事情，也没有，似乎她们就是那种不甘心老老实实待在宿舍实行熄灯宵禁的顽皮小孩。好在我平时还算利索，房间倒也不是脏乱差，就请她们进来了。

这还是她们首次拜访。看到我那张将两张单人床合并成的大床，洁西先是惊讶了一下，之后就一下蹦了上去。

"你一个人睡实在是太舒服了，"洁西说道，"你都不知道我们有多挤。"

也是，同样的舱房我一个人住，她们三个人住，当然很挤了。

洋子则是乖乖地坐在桌子边的椅子上，不像洁西那么闹腾。艾米丽有些不知所措，就坐在了床头柜上。我呢，就只好坐在床边了。

"李，你还带电脑了？"洋子看到桌子上打开的笔记本电脑说道。

"是啊，写文章和导相机里的照片用。"我回答道。

"这是你的夫人吗？"洋子指着电脑桌面的照片问。

我点了点头。

洁西一下又从床上蹦了下来，边凑过去边说道："哦，长得什么样？"艾米丽也一同凑了过来。

"李，你的夫人真的好漂亮。"洁西一如既往的一惊一乍。

"你的夫人看上去比你年轻好多。"艾米丽也说道。

"哦，其实她还比我大一些呢。"我很尴尬地说道。

"同学？"洋子问到。

"是的。"我回答。

"这是一个什么样的故事啊？"洁西一脸八卦地看着我，然后和洋子、艾米丽坐成一排看着我。三个人眼中充满好奇和探索，手中只差爆米花了。

……

"唉——"故事讲完了，三个人一脸释然的表情，仿佛一场鸡汤电影散场。

正在这时，船上大喇叭广播演习结束，服务恢复，我们就前往自助餐厅喝咖啡了。

在临出门前，走在最后的洁西突然回头问我："真的是初恋？"

"或许。"我说。

108 天环球航行第 17 天

2018 年 6 月 21 日，星期四，阴，阵雨，风大浪高

8:00—20:00 停泊斯里兰卡科伦坡

> 记录时间：22:20
> 记录位置：斯里兰卡岛以西拉克代夫海
> 记录坐标：7°18′16″N；78°56′21″E
> 当前航向：西北

今天船停泊在了斯里兰卡的首都科伦坡，但是我却因为斯里兰卡签证问题未下船。

中国护照到斯里兰卡可以落地签，但是落地签的窗口只在机场，科伦坡港无法办理落地签，所以船方的签证管理官苏珊告诉我只能待在船上。

我只能从甲板上看一看科伦坡港和远处的科伦坡城。科伦坡港是个客轮和货轮混装的港口，所以到处是龙门吊和集装箱。今天的天气也是极差，只能隐隐地看到科伦坡的高楼大厦。

船上的人都去岸上游了，偌大的船上第一次空空荡荡，赌场和免税店都紧闭起了大门。走在空旷的大厅，让我有一种繁华逝去的感觉，好似《海上钢琴师》里面人去船空的镜头。

甲板上竟然还有好些人，估计都是常年坐船早已游遍世界的老船客了。还有一些行动不太方便的人，在难得安静的甲板上吹吹风。

放纵的一天，我躺在 7 层甲板垫了软垫的木质躺椅上看小说，基本上啥也没干，连运动也放到明天再说了。

天气在中午放晴了一下下，瓢泼大雨就落下了，这可能就是热带雨林气候常有的下午阵雨吧，倒也快，一两个小时就停止了。却也把码头上正准备回

船的大批船客淋得到处躲藏。

晚上 8 点起航,正餐时分就看到大多数人都回船了。这种开船时间晚于晚餐时间的停泊日,考虑到船客们回船时间不一样,正餐厅的晚餐不是那么准时,时间比较自由。

大家回来早的另一个原因是世界杯澳大利亚对丹麦在下午 5:30 转播,一到有澳大利亚的比赛,转播就放在星光影院的大屏上,观者甚多。

今天晚上自助餐是南亚主题,咖喱飘香,偶尔吃一次也是还行的,异域风味嘛,但据说员工餐厅由于南亚东南亚员工多,基本天天都是咖喱,所以晴晴听我说今晚是南亚餐,就不去自助餐厅了,回自己宿舍泡方便面去了。说得我都有些怀念方便面了。

晚间甲板派对主题是印度斯里兰卡服饰。一些老太太们穿着在岸上买的纱丽飘来飘去,还有一个老者将浴巾缠在头上,应该是学习了,缠得还挺像回事。

留下点遗憾挺好,生活就是不完美的,这才有追求新生活的动力。

108天环球航行第18天

2018年6月22日，星期五，阴，阵雨，风大浪高

在海上

记录时间：23:08

记录位置：印度半岛以西阿拉伯海

记录坐标：13°00′33″N；73°09′43″E

当前航向：西北

今日时钟回调半小时。

继续横穿剩下一半的印度洋，直奔中东而去，由于我在科伦坡未登岸，印度洋对于我来说是漫长无尽的，而且风浪极大。强大的夏季风洋流将海面搅动得异常起伏，再大的船也恍若汪洋里的一叶小舟。所以全世界的邮轮大都在紧靠海岸，或者风浪较小的地中海、加勒比海运营。只有参与到这样横穿大洋的远程航线中，才会感受到人类对海洋的恐惧和敬畏，也只有走过这样的航线才有经历风雨见彩虹的感觉，也只有这样的航程才有了同舟共济的感觉。

今晚为了感谢许晴晴在办理船务、买东西等方面对我的帮助，也是为了满足自己的好奇，我定了晚上船上唯一的收费餐厅的晚餐。

在习惯性早餐，看书，运动，午餐，下午茶故事会后，到了约定时间，我去了14层的史塔林牛排馆（Sterling Steakhouse）。

这个牛排馆实际上就是把自助餐厅的一部分分割出来，在晚餐时段提供优质的牛排和海鲜正餐，每人需要29澳元的定位费。

穿着礼服的侍者将我领到了座位，原本的自助餐厅在铺上白色的桌布和椅套，摆上银质的餐具和鲜花后，完全变成了一个蛮体面的西餐厅。只是人很

少,加上我这桌只有三桌,没有什么纪念意义的话,大家还是都会去免费的主餐厅的。

晴晴还没有来,我只好无聊地看着菜谱喝柠檬水。菜单依然是分成前菜、汤、主菜、甜品,其实和主餐厅的菜品大致相同,只是原料更为讲究,来这里主要是为了氛围吧。

等了快半小时,晴晴才急急火火地冲了进来,还穿着制服,不用问,她那"该死的"主管又临时加会了。侍者也是一愣,但是之后继续用标准的动作递过去菜单。估计是很少看到乘客请员工吃饭吧。

晴晴倒是人头很熟,9个月的时间她基本上上至船长下至服务员都很熟络了。就像她说的,因为没有争权力争利益的需求,她和所有人关系都不错。

虽然同为北京人,但我们还是入乡随俗各自点了菜,而不是像在北展莫斯科餐厅那样点一大堆菜共享,还点了红酒搭配牛排。

收费餐厅的牛排确实是更好的,我点的厚切牛排,一刀下去,纹理清晰,入口很香,随即化开。这收费餐厅还是少来吧,把胃口钓上来怕是普通的牛排就吃不下了。

当然,我们还是发扬了中餐的特点,每道菜都分享了一点,也算是都尝尝鲜。餐厅秉承了西餐的特点,一顿餐吃了一个半小时。

到了茶和咖啡的阶段,我们继续聊天,餐厅里只剩下我们一桌了。

晴晴是北京知名大学的高才生呢,她的外语专业竟然是俄语,英语和意大利语是她的二三外语,毕业后又自学了日语、韩语和葡萄牙语。她说似乎她的天赋就是学习语言,各种语言很快就能上手,这也是她在船上交流无碍的保障吧。而且作为独生女的她也没有什么经济上的负担,所以她还是希望走遍世界。

因为喝了点酒,晴晴的脸上有些微红,闪亮的大眼睛里有一些迷离。虽说与世无争,但是身处异国漂浮海上,总还有无数的辛苦和劳累,还有思乡和惆怅。

📅 108天环球航行第19天

2018年6月23日，星期六，阴，阵雨，风浪极大

在海上

> 记录时间：21:00
> 记录位置：阿拉伯海
> 记录坐标：17°29′40″N；67°50′44″E
> 当前航向：西北

继续航行在疾风恶浪的阿拉伯海，房间里的衣柜门天天发出吱吱呀呀的声响，衣柜里的空衣架也会发出碰撞声，最近晚上水杯都不敢倒满，怕水摇晃出来，倒是没有电影里演的大浪冲过前甲板那么夸张。但是坐在五层酒吧的舷窗边，可以看到巨大的浪花在舷窗边呼啸掠过。

我真的佩服船上的大厨，这么大的风浪中，厨师们在大堂里教乘客做巧克力蛋糕。他们一边讲解一道道工序一边制作。我们一直担心他会不会一晃悠，将满盆的巧克力粉扬出来，但是厨师们的手很稳。乘客们则是坐在了旋转楼梯上，或者干脆席地而坐，因为站着不大稳当。

洁西和我坐在了一起，艾米丽又被晃得有些不大舒服了，洋子则是坚持去健身房锻炼了。洁西对甜品的喜爱是真实的，目不转睛地盯着每一个过程，嘴中还不时地蠕动。

等待蛋糕烘焙完毕，厨师将做好的蛋糕分给了参与活动的乘客们。洁西第一个窜上去，拿下那块心仪已久的巧克力蛋糕，回到了我身边。

"李，你怎么不去拿一块，免费的。"

"我不大想吃了，最近甜的吃太多。"我回答。

洁西看了看手里的蛋糕，突然掰下一小块，递到我的嘴边："尝一口嘛。"

我只好张开嘴将蛋糕叼了进去。

真的是好甜，外国厨师们制作甜品糖度绝对超过国内厨师。

"怎么样？"洁西问我。

"真的好甜。"我答道。

洁西翻了一下白眼，俨然把她的好东西浪费了的表情，然后转过脸去，报复性地咬了一大口。

"为什么你们中国人都不喜欢吃甜的呢？多美的感觉啊。"吃完蛋糕，洁西问我，"我的中文老师是中国移民，他也不愿意吃甜的。"

"或许是习惯吧，"我思考了一下，"中国的家长们不让小孩子吃太甜的东西，怕长胖和长虫牙吧，所以大了以后我们吃甜的就会少，听妈妈的话。"

"另外中餐更多的是以鲜咸香辣为主，甜的菜品较少。"我补充道。

"我是最喜欢甜食的，它让我快乐。"洁西说，"但我也会注意不变胖，而且我天天刷牙。"

今天又是正装夜了，也是第一航程最后一个正装夜了，所以主菜终于吃到龙虾了。此次环球航行被分为四个航程卖票，分别是悉尼—迪拜、迪拜—伦敦、伦敦—纽约、纽约—悉尼。看来一路上顶多吃四次龙虾了。

所以，我问麦克："Can Double？"被准许吃了两份主菜。说实在的，外国的龙虾料理都是白水煮的，不像国内的蒜蓉焗、芝士焗等方式。肯特他们看到我的双份，都发出惊叹，估计是羡慕我的能吃吧。这么多天了，这些老人将我当成个小孩子似的，弄得我有回到青春的感觉，40多岁的小孩子，想想也无奈。

我又胖了，衬衫领口的扣子都系不上了，拿领带遮掩下。

108天环球航行第20天
2018年6月24日，星期日，晴，有云，风浪极大

在海上

记录时间：22:30

记录位置：阿拉伯海

记录坐标：22°30′50″N；61°00′33″E

当前航向：西北

时间又调回一小时。

明天到达阿曼了，据岸上游部门说景点交通不便，我只好报船方的岸上游观光团了，也无须自己再打车了。晴晴找到我，说她领了带团的工作，我们正好可以搭伴出游。

船上的高级人员有一项工作算是福利，就是成为岸上游团队的带队人。其主要工作就是在岸上游团集合区组织好本队游客，举着牌子将全队游客带下船，带上本队相应的旅游车，工作就基本完成了。之后也和游客一样跟随当地导游玩耍，类似于国内的旅行社全陪，当然有紧急事件他们要与导游一道合作解决，但一般等同于游客，直到旅游结束返回船边，工作也就算结束了。这样的工作也算是免费参加了旅游团，这等好事自然要申请后排队了，正好这次轮到她带团了。

另外船上高级人员也可以花钱参加游客的团，而且可以拿到内部半价的。

洁西、艾米丽、洋子和杰森、彼得一起，租了一个车去马斯喀特城外的景点。租车也是邮轮游一个很好的岸上游方式，著名的国际租车公司会在客运码头设置自己的服务站，价格便宜，但就是要自己注意开船的时间。

由于明天是岸上日，后天船就停靠迪拜了，所以今天的晚餐算是第一航

程的最后一次晚餐，所以在正餐即将结束的甜品时间上演了著名的餐厅手帕舞，这是一种船上的习俗，是为了送别即将离船的宾客。灯光熄灭，在舞蹈与音乐中，餐厅的大半侍者和餐厅厨师会排成队伍，端着点着蜡烛的托盘快速地在餐桌间来回穿梭。而乘客们则将餐巾举过头顶，并将餐巾随着节奏摇得飞旋起来，最后侍者和厨师们在餐厅经理的带领下，向全体宾客致敬，感谢大家的到来和支持。

108天环球航行第21天

2018年6月25日,星期一,晴

7:30—17:00 停泊阿曼马斯喀特

记录时间:22:15

记录位置:霍尔木兹海峡

记录坐标:25°00′39″N;57°41′46″E

当前航向:西北

阿曼只有两种天,热天和极热天。我们来的时间还算是热天。

荒山上没有一棵树,裸露的沉积岩诉说着这里的海相变化,高速路的两边山体都被砍成阶梯状,保证破碎的岩石不会直接掉到路面上。底层土壤都已泛黄,被炙热的空气烤着,隐隐显出波纹状。这是一片炙热的荒漠。偶尔一个身穿长袍,手牵骆驼的身影一闪而过,已是这单调荒漠上的意外之色了。

回到早晨,在船上的旅行团集合处集合,一般在7层船尾的俱乐部,用贴纸将团号贴在身上,然后跟随带队员一起下船,我顺利地加入了何晴晴的这一团,随着她一起下船来到停泊在码头的大巴车边。看来她是第一次领队,有些忙乱,我就帮她高高举起牌子,招呼团员上车,结果由于我们团位置居中,其他团找不到车的乘客纷纷找我咨询,只好耐心一一回答。晴晴看到了,笑着说:"你还真是块天生带团的料。"我白了她一眼,说道:"让你们的船长给我发工资!"

第一站是苏丹卡布斯大清真寺,世界第三大清真寺。

大门口的建筑是一个浅红色的砖石大房子,阿拉伯式的拱门。阿拉伯式建筑都是很大很敦实的样子,墙壁看着很厚,但是门都很小,估计和当地气候有关,为了保温和防止水汽蒸发吧。

穿过大门就是巨大的广场，广场面积很大，中间道路铺满地砖，一个细长的流水喷泉池位于道路中间。广场上树木不多，但已是难得的绿色了，正面对着的是大礼拜堂，左右各有两座高塔。

礼拜堂以白色为主，地面和墙面都是十分耀眼的白色，但其中有很多阿拉伯式图案，所以又不是纯白。大门是棕色的，环廊里挂着的油灯也是棕色的。而在大礼拜堂的顶上，是阿拉伯式金色大圆顶及最顶端的金色新月。

整个礼拜堂是3进式建筑，最前面的是女穆斯林祷告室，绕过去之后，就是庭院祷告处、白色大理石地面的露天祷告处，最后就是最大的祷告大厅了。

祷告大厅满铺地毯，金色大圆顶正中垂下巨大的吊灯。这是世界第二大的地毯和吊灯，第一都被更加富裕的阿布扎比抢去了。大厅的墙壁上洁白的大理石闪着光泽，看上去庄严肃穆，让人满怀虔诚和敬意。

第二站是阿曼国家博物馆。博物馆拥有超过6000件展品，是中东地区第一座采纳开放式博物馆存储概念的博物馆。

第三站就是大巴扎了，这个太小了，乌鲁木齐大巴扎可以傲视全球。

最后我和晴晴在码头边吃了顿阿曼的肯德基。有意思的是在阿拉伯国家肯德基的招牌是绿色的，鸡肉倒是一样，但价格可不便宜。

回到船上，在甲板上看这座城市。在起伏的山峦间，可以看到一座座并不高大的建筑，白墙，阿拉伯式屋顶和窗户，空气中总弥漫着沙尘，显得城市有些破旧和斑驳。

但是在那一瞬间，《古兰经》的声音突然清晰而明亮的在城市上空飘着，这是祷告的时间，落日的光辉洒在古老的街道上，洒在厚重的空气中，与那浑厚的声音融为一体，与这座城市显得如此协调。

108 天环球航行第 22 天

2018 年 6 月 26 日，星期二，晴

12:00—24:00 停泊迪拜

记录时间:23:00

记录位置:迪拜港过夜

记录坐标:25°16′37″N;55°17′08″E

当前航向:停泊

船是中午时分到达迪拜的，迪拜港很大，巨大的私人游艇占领了几个最方便出港的位子。远远地看到了伊丽莎白女王 2 号停泊在港内，这里是这艘船的永驻地了。冠达邮轮公司的这艘著名邮轮，和她的姊妹舰玛丽王后号（永驻加州长滩）一样，被改造成超豪华酒店，永驻于迪拜港之内。两年前，我有幸乘坐她们的晚辈玛丽王后 2 号横穿大西洋，感受到她们公司邮轮的魅力。

邮轮到港后，根本不用船方安排，一排大巴车在港内等候，都是迪拜各大商业区的免费班车，送你去买买买。

到了迪拜不逛商场怎么行，这一意见受到了洁西、艾米丽、洋子以及晴晴的一致赞同。今天晴晴不值班，所以可以和我们一起下船游玩。我简单介绍了一下，四个女生瞬间就自行叽叽喳喳去了。

我们乘坐迪拜 mall 的免费巴士到达哈利法塔下的迪拜购物中心，车上还有免费的打折小本本，可怕的是小本本竟然有字典那么厚，翻一遍都难。所以可想而知此购物中心的庞大了。（回来上网查了下，"迪拜购物中心是世界上最大的购物中心，有 100 个足球场大小，1200 多个店铺"。我真佩服我自己。）

今天的天气很炎热，迪拜这个沙漠中的城市还是显得有些干巴巴的，空气中总感觉有一股淡淡的黄色沙尘。但是一进迪拜购物中心，那就是真正的春

风拂面，心旷神怡了。购物中心有点像飞机场的航站楼，几个硕大无比的圆形大厅由各个通道串联在一起，每个大厅都是4层，都有不同的夸张的巨大的顶部装饰，而各个宽敞的通道才是商店的主要聚集地，世界名牌均汇于此，万千货品一应俱全。

勇于和四位女生逛街的我是幸福的，不用有方向感，只要不断地前行到下一家店就好。庆幸四个女孩都是旅游爱好者而非扫货高手，所以虽然耗时却也没有太多东西要提。

终于横穿整个购物中心，得以重见天光，世界最高的建筑哈利法塔（迪拜塔）出现在眼前。

站在下面看828米的哈利法塔需要扶好帽子，因为你的头要仰得很高。这个建筑层叠而上，有些像在清真寺中看到的阿拉伯式高塔，外面完全是玻璃幕墙，呈圆弧形，加上一层层的钢构架，让我感觉像是一大堆汽油桶垒砌起来的。没办法，一想到阿联酋就想到石油了。

哈利法塔前是一片巨大的人工湖，在缺水的阿联酋真的是巨大的奢侈了，我们到达时已是黄昏时分，这片人工湖从晚上六点开始每半小时有一次喷泉秀，巨大的水柱据说有150米高，并伴有音乐和激光秀。

我支起相机拍摄了日落之时的哈利法塔，橘红色的落日照在玻璃幕墙上，十分耀眼。黑夜慢慢自下而上啃噬着这座宏伟的建筑，它会融入黑暗吗，根本不会，璀璨的灯光和幕墙上巨大的LED证明，夜间的迪拜才是最美的不夜城。

晚饭时间，我们就在哈利法塔的喷泉旁找了一家阿拉伯菜馆，来到阿联酋自然要吃正宗的阿拉伯菜。个人觉得阿拉伯菜和新疆菜基本一样，烤肉和饼是主要食物，饼是阿拉伯饼，用它来夹着烤肉吃，类似陕西肉夹馍，但没有馍那么厚，只是薄薄的饼皮，外酥里嫩，有些像新疆烤包子的皮。另外要涂抹鹰嘴豆酱，鹰嘴豆被打成一种有些酸涩的豆泥，似乎加了酸奶酪什么的，起初吃起来味道很奇怪，后来倒是觉得很对胃口，有些像馒头夹酱豆腐。阿拉伯饼是免费添加的，所以我独自吃了一篮。

因为坐在喷泉旁，所以音乐一响起，四个女孩子就跑出去看喷泉拍照片，完了再跑回来吃，忙得不亦乐乎，我则是看物件的人。透过窗户，可以看到无数人围在湖边，拍摄着这个七彩的世界。

饭后，女孩们决定登上哈利法塔。早说啊，本来可以提前在网上预订门票的，比在现场买便宜近一半，但是时间已晚，而且女孩们的想法总是临时的，票价每人350迪拉姆（人民币600多元）。

哈利法塔开放两个观景平台，124层和148层。当然还有更高层可以吃饭喝下午茶，服务就更昂贵了。买了148层的票两层都可以去，但是只买124层票的是不能去148层的。当我们"土豪"5人组买完148层门票后，立刻有一位身着正装的服务生带我们去贵宾厅等候。

贵宾厅是登楼前的休息区，有巨大的沙发、洗手间，服务员端上来咖啡和热茶，以及免费取用的摆在桌子上的码成塔的金色费列罗巧克力。弄得我们好不自然，果然花钱多有好处啊。等到聚齐三四波人，那位穿正装的服务生来带我们上电梯了。

我们走专用通道，直接越过排队的队伍登上电梯。电梯像弹射出去一样迅速升高，电梯里用VR技术向乘客介绍哈利法塔，快速变换的数字显示所到高度。不到一分钟，就到达124层，大家却无不良反应，真是科技的杰作啊。

到达124层后，有专门的服务人员带领我们转乘去148层的电梯。出电梯后，就到达148层的平台。由于已经到达接近塔尖的部分，148层不是很大，却也装修成一个会所的样子，有免费的饮料提供，有沙发供游客休息，四周还有舒适的座椅可以让游客坐在那里凭窗眺望迪拜夜景。当然，这个座椅成了我们轮流拍照的地方。唯一的缺憾就是这里全都是封闭的玻璃窗，用单反相机拍照会反光。因此，只有眼睛才能真切地感受到人类智慧的奇迹。

108天环球航行第23天

2018年6月27日，星期三，晴

0:00—23:00 停泊迪拜

记录时间：22:30

记录位置：迪拜港

记录坐标：25°16′37″N；55°17′08″E

当前航向：停泊

今天走了好长的路啊，好辛苦。

洁西她们被彼得他们邀请开吉普车冲沙堆去了，晴晴上午要值班，所以我又是独自旅行的一天。一早乘小巴先到离码头很近的迪拜辛达加历史街区，就在迪拜河边。这里似乎才是我们印象中的阿拉伯，河边林立着用木头搭建的小码头，大大小小的汽船在河面上穿行，没有高楼大厦，只有类似土坯打造的阿拉伯式平房，炙热的阳光灼烤着墙面，似乎将墙上的最后一丝水汽都要压榨出来。北岸的街区似乎是个新建的仿古区，多了整齐却少了人烟，像是改造后的大栅栏，整齐美观，但不是记忆中的模样了。这里似乎开设了很多艺术作坊和咖啡店，可能也是迪拜的"798"，但人流稀少，门可罗雀。

继续沿河湾向西行，就看到老城的模样了，破旧的民居，古老的清真寺和有些年头的四五层写字楼混合在一起，生活气息更浓郁。清真寺也不是那种大型建筑，而是穆斯林日常祷告的场所，只有清真寺的高塔在低矮的建筑群中十分明显，远远看去，这一片有几十座高塔矗立着，和在欧洲城市看到的教堂是一样的。人流也逐渐稠密起来，不只是游客，生活和工作在这里的人也多了起了。沿河西岸是一个老市场，也就是大巴扎，倒是蛮有当地特色的，沿着木质的遮阳走廊往前走，两边都是店铺和地摊，售卖着衣物、布匹、香料和各种小东西。叫卖声和吆喝声也充斥着阿拉伯味道。

逛完市场,就在门口找到地铁站,之后倒了几次地铁到了朱美拉棕榈岛,去岛上亚特兰蒂斯酒店要乘坐专用的轨道车。车厢有些像香港的迪士尼地铁专线,票价也不便宜。一路上都能看到棕榈岛这个填海造陆的巨大工程,每一片"棕榈叶"上都是整齐划一的大别墅。到了棕榈岛的顶部,就看到红色的巨大建筑,这是亚特兰蒂斯酒店。

似乎全世界的亚特兰蒂斯酒店的建筑都是一样的,这个和我在三亚看到的酒店建筑一模一样。酒店不仅仅是一座楼,它占据了很大一片地域,其实就是个大型游乐场。水上乐园是它的主要游乐场所,有些像国内的"水世界",需要买票,这是一个参观都需要买票的酒店,当然住客免费,可想而知每晚客房的单价了。我没有带泳衣,再看看外面的骄阳,便打消了去水上乐园的念头,只是在乐园边的汉堡店买了午餐,隔着窗户看一堆各种肤色的孩子在泳池边疯跑。

这时晴晴发信息给我说她可以出来了,我就约她一起来这里的海底世界看一看。网上有优惠票,每人122元人民币。海底世界不大,主要观看的就是巨型的鱼缸,里面会有潜水员表演,仔细看去,鱼缸的另一边是餐厅,就是那种有在鲨鱼面前就餐感觉的餐厅。另外,时不时还有游客在教练的带领下潜下鱼缸,估计也是收费项目,把水搅得有些浑浊。

这个海底世界我最喜欢的是它在每个观赏窗前都会摆一个阿拉伯地毯和各种坐垫,你可以坐在坐垫上慢慢欣赏,而不是走马观花。

在一个满是热带小丑鱼的鱼缸前,我们两个坐了下来,看各色的小鱼游来游去。整个馆里游客不多,十分安静,似乎可以听到水面的波动。

"它们好美啊。"晴晴说,"像流动的画。"

鱼缸的灯光照在她的脸上,她的大眼睛闪出兴奋的光芒。

"好美,是不是应该亲一下。"脑子里突然冒出这个念头,吓了自己一跳。

"嗯——"她似乎注意到我的目光，突然转过脸来，吓了我一跳，目光立刻躲开，"在想什么呢？"她问道。

"没什么，在想这里参观的人那么少，回得了本钱吗？"我胡乱答到。

"也是啊，不过他们是土豪吧。"晴晴成功被吸引了。

于是我们竟然坐在美丽的海底世界讨论起北京海洋馆这么大的客流量能挣多少钱了。

鉴于此地的高消费，以及余存的购物想法，我们决定坐地铁回迪拜购物中心。昨天是坐大巴去的，竟不知道迪拜购物中心地铁站离商场要走这么远，虽然路上有间断的水平电梯，但是还是极远的，应该超过了3000米。

闲逛之后，我们吃了顿久违的中餐，馄饨加水饺。味道还真是不错。随着中国人在世界各地的增加，世界上其他地方的中餐也逐渐回归本味。

108 天环球航行第 24 天
2018 年 6 月 28 日，星期四，晴

在海上

> 记录时间：20:30
> 记录位置：阿拉伯海
> 记录坐标：22°34′47″N；59°57′24″E
> 当前航向：东南

又开始新的海上漂泊了，这一次要绕过整个阿拉伯半岛，又进入长时间的航海了。

因为这两天的长途步行我感觉很累，所以今天就没有进行往日的运动。

今天上午的讲座是关于远洋船与邮轮的，主要介绍了邮轮的历史和现代邮轮。由于对提到的船的相关情况较为了解，所以觉得语言障碍不大了，其实能做这样的讲座也是很好的工作，还可以免费坐船。

下午和洁西她们聚在一起，开启每日的下午茶时间，杰森和彼得昨天带着三个女孩冲沙、跳伞，玩得不亦乐乎，也拍摄了很多的视频。看着这些刺激的画面，我从牙根里都泛出一阵阵恐怖感，洁西还在可惜我没有一起去，我心想打死也不去。

杰森似乎对艾米丽有些意思，时刻围绕在艾米丽周围，也比较细心地观察着艾米丽的反应，看来小伙子动情了，所以我用质询的眼光看了看洁西，洁西很明白地眨眨眼，点点头。彼得倒是没有什么，只是朋友般的很放松。洋子则保持着日本式礼貌的微笑。

下午茶毕，我拿着在房间里收到的一封邀请函，去找了正站在游戏机边打哈欠的晴晴。看来昨天的运动量还是挺大的。看到我过来，她总算精神了起

来。赌场依旧门可罗雀，从迪拜登船的旅客不少，但是来这里的人还是不多，迪拜登船的客人中孩子的比例明显增多，看来欧美的暑假期开始了。从迪拜开始，我已经升级到金卡乘客了，所以可以参加船上的船长俱乐部欢迎酒会，因此有了这个请柬。

  今晚是正装夜，正装穿多了便没有什么特别的感觉了，加之没有什么特别好的菜肴，我开始怀念昨晚的馄饨和饺子。

  由于有新船客的加入，大家还是衣冠楚楚，似乎只有我们这桌是坚定的老客，所以大家还是以汇报迪拜行程为主，毕竟两天不见了。

  杰奎琳永远是餐桌上的主持人，而她的老公布莱克则是永远默默地坐在一边，除了雷经常和安娜聊天开玩笑外，其他人确实话比较少，需要杰奎琳的带领。因为我是在坐的这些人中唯一一个登上哈利法塔148层的人，所以我的手机被杰奎琳征用了，用来给大家传看照片。

108天环球航行第25天

2018年6月29日，星期五，多云

在海上

> 记录时间：23:10
>
> 记录位置：阿拉伯海
>
> 记录坐标：15°51′28″N；54°43′38″E
>
> 当前航向：西南

今天时间回拨一小时。

阿拉伯海风浪很大，又是直面西南季风，船似乎也开得很快，所以房间和大厅经常听到吱吱呀呀的声音，看地图马上就要进入也门海域了。白天依然是常态，运动继续进行，但只能在健身房，甲板上已经站不稳了。

昨天所说的金卡会员招待会下午在7层船尾的俱乐部举行，船长会带领一干船上高级船员在门口握手相迎。

公主邮轮的会员卡制度为：

黄金会员：完成一个航程即可获得，可以参加俱乐部活动。

红宝石会员：公主邮轮累计乘坐满31天。可以参加俱乐部活动。

白金会员：公主邮轮累计乘坐满51天。可以参加俱乐部活动。有免费船上WIFI时段。

精英会员：公主邮轮累计乘坐满151天。可以参加俱乐部活动。有免费船上WIFI时段。有免费洗衣和一个免费迷你吧的酒水。

到达迪拜是第一航程的结束，所以把原来蓝色的船卡换成了金色的船卡，我曾经去前台问了下有什么用，前台小伙子说："就是更漂亮些。"但是当第二行程到伦敦结束时，我就会达到白金标准，第三程就可以有免费的网络可以使用了。

精英会员卡是黑色的，持此卡的必是老船客了。我总觉得环球行程老船客似乎占了大部分，起码晚餐时，全桌子的人似乎只有我不是黑卡，也就是说，维多利亚、乔、肯特他们都是乘坐公主邮轮超过150天的老船客。

第二航程升为金卡的船客似乎不是很多，我和洁西她们都属于这一波。金卡会员的级别确实较低，就是简单的音乐表演和船长发言。有一个抽奖活动，只有区区两瓶香槟，我什么也没抽到。散会时在出口每人可以领取一张免费的酒券，惹得洁西又开始规划什么时候搞个酒局。

吃夜宵的时候我找晴晴去聊天，聊到今天招待会上的船长。晴晴说，老船长到伦敦就会正式退休，他已经在船上工作了48年，从船员一步步做到船长，到现在担任船长也近30年了，所以他现在在公主船队中的职务不仅仅是船长（Captain），而是舰队长（Commodore），也算是公主邮轮的传奇人物了。不小心和传奇人物握了手，我还是挺荣幸的。

📅 108 天环球航行第 26 天

2018 年 6 月 30 日，星期六，晴

在海上

> 记录时间：23:10
>
> 记录位置：亚丁湾
>
> 记录坐标：12°48′53″N；47°43′05″E
>
> 当前航向：西南

阿拉伯海的风浪很大，但是一进入亚丁湾，风浪就变得小了很多。估计到红海会更加平缓吧。

世界杯进入淘汰赛阶段，我们与莫斯科时间基本一致，所以这是继日韩世界杯后第二次不用熬夜的世界杯。

白天的生活一如往常，骄阳曝晒的甲板上人声鼎沸，太阳在中午近乎直射，却依然有很多人参与船上组织的甲板舞蹈。许多孩子从迪拜上船，为原来安静的甲板带来了阵阵的欢笑声，年轻的父母们则陪在旁边晒着太阳，游着泳，或是泡在按摩池。很多人都只坐迪拜到伦敦的欧洲段或是迪拜到纽约两段航程，因为此时正是欧洲暑假的时节，而且航线停泊的港口还算是经典的。

从世界杯观赛中可以看出不仅仅是澳大利亚人的比赛热情高了，法国人、德国人和西班牙人的比例在上升，看球赛也变得有阵营感了。当然，只有我和秉信兄很是中立地看球，谁叫中国队来不了呢。

杰森和艾米丽似乎开始燃情起来了，已经出双入对出现在健身房、甲板和冰激凌吧等地；洋子继续她规律化的生活；彼得不知道在忙什么，以至于洁西百无聊赖地来找我，算是学习中文吧，其实是吐槽杰森和艾米丽。下午的故事会似乎大家兴趣不浓，就渐渐地消失了。

我偶尔走到赌场,百无聊赖的晴晴看到我则立刻诉苦,这个航海日长达8天,也就是说这八天她会从白天到夜里连续上班,不似原来的短航程,天天上岸她们就放假,最主要的是客人也少,闲待着比忙起来更累。我只好劝她坚持住,到欧洲就好了。

108天环球航行第27天
2018年7月1日，星期日，阴

在海上

记录时间：22:30
记录位置：红海
记录坐标：14°55′28″N；42°02′56″E
当前航向：西北

进入红海，海面上的风浪一下子小了许多，船行得很快，船首劈开大朵的浪花，一副快快赶路的样子。传说中海盗出没的地方，让船长也担心得加起速来。船的左舷对着非洲，右舷对着亚洲。

今天是"加拿大日"，这是船上的特色，因为7月1日是加拿大国庆，只要此时船上有加拿大籍乘客，就会安排特色日的活动。用加拿大的国旗颜色作为今日主色调，用枫叶做装饰等，自助餐也有特色加拿大菜。过两天还有"美国日"，当然只是大国国庆和西方传统节日才会搞特色日活动，可惜船上的主要乘客澳大利亚人和新西兰人的国庆都在一二月份，不然搞起来会更热闹。

时间在默默地走过，邮轮的慢生活让人觉得世界都停滞在那里，只有太阳的运转和发动机的轰鸣在提示着时间和道路的进程。每一个人都不慌不忙，看着喜爱的书，没完没了地晒太阳。

当一道热烈的色彩冲入这缓慢的世界，那就是洁西又冲过来了，这个女孩总是充满热情和活力，在这老迈的邮轮客中，发出一道青春的光。在这不到一个月的时间，她似乎和所有船客都认识了，所以所过之处，众人纷纷问候。

"李，别再看你的小说了。"洁西冲过来，拉起了躲在躺椅上的我，"生命在于运动。"这句是用中文说的。

"不，生命在于静止。"我答道。

"哦，我记错了吗？"洁西挠头道。

"我已经是老人了，需要静止的生活。"

"你？老人？"洁西转眼望了下甲板上一片花白头发的长者，转回头来嘲讽地看着我。

"我可比你老多了。"我嘟囔着。

洁西突然一副兴趣索然的样子，说道："那你继续看书吧，我们去打篮球了。"

在船烟囱后面的16层甲板上，有一个标准的篮球场，船客们可以随意去打篮球，当然老乘客们很少去的。

"好吧。"我看着气哼哼离开的洁西，一脸莫名其妙，"唉，女人。"

晚上的生活好在有世界杯的参与，此次挑选的航程确实完美，大段航海日都是有比赛可以看的日子，不然真的要无聊死了。

108天环球航行第28天
2018年7月2日，星期一，阴晴不定

在海上

记录时间：22:05
记录位置：红海
记录坐标：21°32′02″N；38°16′02″E
当前航向：西北

我就说为什么这几天在亚丁湾和红海船行得这么快呢，原来真的是在躲海盗。早上吃饭的时候看到洋子，她说昨天傍晚她在船上疑似看到海盗了。

昨天傍晚她在甲板上看到一条白色的小型快艇，出现在了船的左舷，也就是说快艇是从非洲方向行驶过来的，船上影影绰绰的应该有八九个人，倒是没有拿出枪来，只是跟着邮轮并行了大约5分钟就转身离开了，船上的船员们如临大敌的都到了甲板上，一位船员对她们说，可别招手致意，不是友好的。

可惜我没看到，也算是无聊的航海日的一种刺激吧。

之后跑去和秉信兄抽烟聊天说到这事，他竟然也是看见的人，难道只有我没看见吗？于是我们就分析起海盗来了。

这个海域的海盗问题由来已久，作为欧亚线最重要的海上通道，中国也派驻舰队在此护航，往来的船只可以向驻扎在此的世界各国舰只申请护航，但是这边的海盗劫持货船的事情仍然时有发生，但似乎劫持客轮的很少。

为什么呢，我们讨论了半天，烟都抽了四五根，总结为三条，第一，海盗劫持船只是为了赎金，货轮船员少，货物价值高，他们会找货运公司敲诈赎金，而客轮上船员多，人多，国际客轮上总是有很多国家的乘客，一旦被劫持，就是巨大的国际事件，会受到各大国的联合攻击。第二，客轮吨位大，甲板高，像海公主号都算是小船了，甲板还在四层楼以上，那些从欧洲转场亚洲的动辄近20万吨的庞然大物更是难以爬上去了。第三，常年在道上走，是不是沿线的舰队也会对客轮特别关注呢，而且客轮的通信条件要更好。

两个男人的闲谈被秉信兄的太太叫停了，嫂夫人只是走到桌前笑了一下，秉信兄立刻掐灭香烟，弯腰站起，和我约了日后再聊，就屁颠屁颠地跟着太太去了。

晚上我和晴晴约了到亚喀巴后同去佩特拉古城。

108天环球航行第29天
2018年7月3日，星期二，晴

在海上

记录时间：22:10
记录位置：红海，西奈半岛南端
记录坐标：27°22′38″N；34°48′19″E
当前航向：西北

今天一早我买了去佩特拉古城的团票，300澳元，约等于人民币1500元，真心贵。但是为了路上方便和安全，也就忍了。晴晴也报了这个团，船上的工作人员也可以报乘客团，只要你没有值班任务，而且报了团就是客人了，享受一样的餐饮和服务，而且工作人员报团有内部价，近半价。这和前面说过的带团可不一样，那是工作，这是旅游。所以很多船员都是借此机会全球旅行的。可惜我干不来这一行，英语也不太好，只能花钱享受环球旅行了。

连续工作了8天的晴晴给我抱怨了一下午，看来船上的活也不是很好干的。

无休无止的航海日终于快结束了，船上的生活从快乐到无聊，再到日常的习惯，就仿佛是工作、家庭和婚姻，其实平淡的日子才会带来惊喜。

船在炎热的红海上继续航行，中午时分，我偶尔给甲板上的凳子拍了照片。凳子的阴影只在凳子下面，太阳高度角为90度，阳光基本直射在船上。

📅 108天环球航行第三十天

2018年7月4日,星期三,晴
6:00—23:00 停泊约旦亚喀巴港

记录时间:19:40
记录位置:亚喀巴港
记录坐标:29°31′01″N;34°59′47″E
当前航向:停泊

今日船停亚喀巴港,亚喀巴港是约旦唯一的海港,城市西面紧邻着以色列埃拉特市,近得打车即到。

我起了个大早,收拾装备,跑到集合点。对于这座沙漠中的神秘古城我分外重视,因此带齐了大三元镜头及三脚架什么的,重装出发。

晴晴和我坐在一起,漫长的车程上只有听本地导游胡吹乱侃,好在有个耳力好的免费翻译,知道导游到底在扯什么。窗外无尽的荒山和荒漠,被太阳晒得发白,没有一丝绿色,只有泛起的尘埃,偶尔有一个牵着白色单峰骆驼带着头巾的阿拉伯人走在路边,便会立刻成为全车人追逐的景色。

佩特拉古城是隐藏在峡谷里面的,所以进古城前先需要走长长的西克峡谷。峡谷是砂岩风蚀形成的,呈现出红色,岩壁上留下一道道被砂砾划过的痕迹,有些像前些年去美国佩吉市参观过的羚羊谷。峡谷蜿蜒曲折,岩壁陡峭,通道狭窄,所以这条通道也被称为"蛇道",如果在国内,很容易被命名"一线天"。地势险要,电影中赶上几头骆驼就能封闭峡谷口的情况在此地还真能实现。整个峡谷总长1000米多。

一出峡谷口,依石壁而建的恢宏的卡兹尼宫殿大门跃然眼前,这是座希腊古典建筑风格的建筑。巨大的石柱将门檐高高抬起,大门入口就高8米,整个大门则高 40 米，所以，前面广场上的人们与它比起来就小如蝼蚁。整个建筑也是砂岩铸成，呈现出红色，但是由于砂岩比较脆弱，那些雕刻已经面目全非了，但从遗留下的痕迹也可以看出初建时的精美和辉煌。

城内房间均是凿壁破洞而成，冬暖夏凉，与窑洞有些相似。好点的房间只是将洞口装饰得很气派而已，内部则只是平整。这些"进化版山洞"有些像我国的三大石窟，不过我们是凿壁藏佛，他们是凿壁住人。话说我国石窟艺术留存着丝路商旅的浓重痕迹，而行走丝路的多是阿拉伯人，所以这两处的艺术或许有联系呢。

当然，我不是专家，以上不过是游走间和晴晴聊天时，发散想到的，晴晴则对此大加钦佩。

峡谷变成了宽阔的谷地，整个城市就展开了，依山而凿的大剧场可容纳千人，各种住宅、神殿，以及城市功能性的建筑排满两边的山坡，岩石以玫瑰红色最为醒目，使古城在日光下熠熠生辉，所以佩特拉似乎有"玫瑰之城"的美誉。

晴晴则兴奋异常，见个坡就爬上去看看，最后到了一个坡上的神殿区，我是实在爬不上去了，就在底下等她。这里有很多饮料摊，支着白色的棚顶，摆着巨大粗重的木桌，沙粒还在桌缝中旋转，一股焚风吹过，更多沙粒被吹到了桌上，一种身处西部的苍凉之感油然而生。我坐在粗木椅子上，看着眼前的红岩残瓦，仿佛穿过历史之门，重见金戈铁马，再见丝路繁华。

传说此地曾是摩西出埃及时劈开红海后到达之地，点石成水，浇灌出富饶的土地。历史上的纳巴泰人在此依靠东西方商业枢纽之利开创了宏伟的文明，但是丝路变迁和战乱让文明一夜消亡，它被遗弃在历史之中，只有仍未消亡的建筑，倔强地回味着那段繁华时代。

直到此地，我们不过走了城市的三分之一，时间太紧张了，不能去往更深处，因此打道回府。炎热的太阳晒得我们疲惫不堪，没想到更累的在后面呢，前面进来的时候一直是下坡路，现在往回走一路都是上坡路，也就是说城市是比峡谷入口低的。这也就是在无雨干旱的中东，否则雨水大了必然倒灌全城啊。总之，回程一路爬坡，所过之处可以看到都是我们船上的乘客，一路走走歇歇。

我自然累得够呛，身后的相机包重得要死，晴晴也是疲惫不堪，我只好拽着她爬上最后一个大坡。

吃午饭的地方是个宾馆，全船的团都在这里吃午饭。这次船上近千人报团来佩特拉古城，船方也是大赚了一笔。只是这团餐实在不怎么样，还不如船上的自助餐。

我们吃完饭都准备回船了，看到洁西她们和杰森、彼得才回来，一问原来他们竟然飞快地跑到最里面了，现在才出来。洁西看到我，理都不理，就和晴晴打了个招呼。她们的情况还是艾米丽告诉我的。洋子冲我眨眨眼，意思是问我怎么了？我只好摊手表示什么都不知道，却被洁西看到了，瞪了我一眼。

我们各自上了车，向港口驶去。

一上车，晴晴就睡了，年轻人就是能玩能睡啊。结果两小时的车程让她充满电量，回到船上后，她立刻和一帮船员朋友坐上去亚喀巴市内的通勤车去逛了，当然也邀请了我，但我实在是没力气折腾了。

所以我7点多就写日记了。今天早睡，累死了。

另外，因为今天是美国国庆，所以晚上自助餐厅举办了"美国日"，有我最喜爱的美式烤肋排哦，我吃了五六块，补充下体力。

108天环球航行第31天
2018年7月5日，星期四，晴

在海上

记录时间：21:40

记录位置：红海，苏伊士运河南端

记录坐标：29°50′20″N；32°33′37″E

当前航向：东北

今日凌晨时钟回调1小时。

一早都处于睡眠状态，昨天可是累死我了，完全没有力气。我背着十公斤的摄影器材，徒步三万步也就是我现在体力的极限了。而且，这么炎热的气候也是力气耗尽的罪魁祸首，所以，今天我打算放松一天。

话说起床后去吃午饭，船基本上已经停了。今天的航程就是绕过西奈半岛，来到苏伊士运河南口，之后就在这里排队进入苏伊士运河。排队的船只很多，多是货轮，密密麻麻地排列在海面上，和过收费站的货车队差不多。估计我们的船明早才能进入运河。

午后，当船停泊在海面上的时候，我就体会到热带海洋的威力。太阳晒得水汽蒸腾，没有行船产生的海风，我站在甲板上简直像笼屉里的螃蟹。几乎所有人都躲回有空调的船舱内，只有可怜的烟民们还在甲板的吸烟区活动，当然包括我和秉信兄。

聊天的话题当然就是苏伊士运河以及几次中东战争了。秉信兄也没有去过以色列，此次滑门而过，甚是可惜，我们立誓必要再来此地。埃及他倒是去过，金字塔也见过，所以对中东北非地区的炎热荒凉深有感受。昨日去佩特拉城，秉信兄包了驴车穿过西克峡谷，故而轻松了许多，但也是够热的。

晴晴也是累得够呛，昨天她和船上的朋友们去城里吃了饭，晚上十点才回来，今天哈欠连天，好在今天值班时间短，她连晚饭都没吃就跑回房间睡觉了。我也睡了，明天还要早起拍摄船进入运河的过程呢。

108 天环球航行第 32 天

2018 年 7 月 6 日，星期五，晴

通过苏伊士运河

记录时间：22:40
记录位置：地中海
记录坐标：32°38′58″N；29°56′55″E
当前航向：西北

今天的航程就是穿过苏伊士运河，作为曾经的地理老师，对这个连通红海和地中海的咽喉要道，也是将非洲大陆与欧亚大陆彻底分开的水道兴趣十足。

船方说早上四点船就开始进入运河。所以我早早地爬起来拍摄，这恐怕是整个航程中度过的最长的一个上午了。凌晨，天空阴云密布，运河口外停满了等待过河的船只，埃及的领航员乘着小艇来到每条船上，指引船只通过运河。船头甲板上站满了拍照的乘客，我也支上三脚架等待着。终于，在晨光初现的时刻，我们的船缓缓地向着运河开去。

苏伊士运河经过多年的深挖和疏浚，已经可以通过航空母舰了，当然，20 万吨以上的超级油轮仍需绕道非洲南端的好望角，但对于载客的邮轮来说，足矣通过了。但是船过运河时必须低速行驶，每小时不超过 15 千米，为了防止冲撞和搁浅，而且一条接着一条，速度也快不起来。

苏伊士运河两岸风景迥异，西岸多是绿地、城镇建筑，看来居民众多，城镇中也可以看到清真寺的高塔；东岸的西奈半岛上建筑寥寥，地面似乎都被黄沙铺满，不知道是否是受中东战争的影响。

整个水道静悄悄的，只有船行过后带起的水浪拍打运河堤岸的声音，太阳很晚才从阴云中挣脱出来，空中飘着黄沙，顿生苍茫之感。

但是过了一会儿,阳光猛地推走了阴霾,天瞬间亮了起来,乌云都不知道跑哪里去了,西岸的阿拉伯式建筑也从灰白色转成了亮白色,一切都有了生机。

突然的明亮也把我从梦中惊醒,原来由于起得太早,我拍摄了一阵子照片后,本想坐在甲板的躺椅上休息一下,怎知就呼呼大睡起来,直到太阳的光亮将我照醒。

秉信兄竟然站在我的椅子边,看我醒来便大笑道:"你可真是辛苦,看你睡得好香哦。"

我瞬间不好意思起来,"不小心睡着了。"

"我给你拍了照,而且呼噜真不小啊。"秉信兄举了举手机道。

唉,被偷拍了。最后秉信兄用蓝牙传给了我。

我们继续聊了起来,秉信兄指着岸边的绿地对我说,三十年前埃及的沙漠治理、环保开发方案还是他们做的呢。秉信兄是做环保科技的专业人士,不过三十年前的他估计也就是和导师一起做课题的研究生吧,而且想到秉信兄说年轻时好骑机车、玩摇滚,我又看了眼河两边,哎……

长长的运河、缓慢的船速和炙热的阳光,消磨了船客们的兴趣,甲板上很快门可罗雀。直到广播说横跨苏伊士运河的大桥即将到了,人们又聚集到了甲板上。

苏伊士运河公路大桥(穆巴拉克大桥)据说是世界上净高最高的大桥,2001年建成。可以通过68米以下的大船。整个运河上似乎只有这一个固定桥梁,我们倒是在河岸边看到许多机动浮桥,可能原来都是靠浮桥通行的吧。

船行了大半天,下午3点才进入地中海,就要到欧洲了。

📖 108 天环球航行第 33 天

2018 年 7 月 7 日，星期六，晴

在海上

记录时间：23:59

记录位置：地中海，希腊南端

记录坐标：36°07′28″N；22°08′13″E

当前航向：西北

今天时钟又调回 1 小时，进入了欧洲时间。

地中海水面比较平静，海风较大，天气也稍微转凉了些。虽然地中海气候的特点是夏季炎热干燥，但是还是比热带海域凉爽些，没有热带地区那么炙热。今天也是慵懒的一天，疯狂补睡中。

下午茶时间又和洁西她们聚到了一起，好几天没有见到洁西了，也不知道那天她为什么生我的气。杰森和艾米丽似乎关系更好了，已经黏在了一起，有些爱情的模样了。彼得仍是淡淡地和大家在一起，只是洋子、洁西和彼得似乎有默契地离"小情侣"稍远了些而已。

洁西对我的态度似乎好了一些，但是总有些别扭的感觉，洋子和彼得更是不多话的人，我则是语言不熟，所以一下子有些冷场了，连"小情侣"也觉得气场不大对了。

"明天就到希腊了，你们喜欢希腊神话中的哪个神？"我只好尬聊起来。

"维纳斯。"艾米丽第一个跳出来，一脸恋爱中的痴迷样。"爱神。"

"在希腊神话里她叫作阿佛洛狄忒。"我纠正道。

"对了，她们的希腊名字和罗马名字还不一样，我经常搞乱。"艾米丽说。

"我更喜欢赫尔墨斯，商业之神。"杰森说道。

"我也喜欢。"艾米丽接着说。

"你是喜欢 Hermès（爱马仕）这牌子的包吧。"洁西吐槽道。

"你懂我。"艾米丽转身抱着洁西说，洁西则是一撇嘴，推开了她。

"我喜欢阿喀琉斯。"彼得说。

"特洛伊的悲剧英雄，很多人都喜欢他。"我说。

"我喜欢雅典娜。"洋子说，"从小看圣斗士时就喜欢。"

"我吗？"洁西说道，"我喜欢缪斯女神。"

"你的人多，你赢了。"我开玩笑说道，"缪斯女神有九个呢。"

"那你呢？"洁西问我。

"应该是普罗米修斯吧。"我回答道。

"我小的时候第一次了解希腊神话，是在一本历史书上，看到介绍古希腊著名的戏剧家埃斯库罗斯的戏剧《被缚的普罗米修斯》。剧中的普罗米修斯将火带给人类，这让我对希腊神话产生好奇，进而对文艺复兴时期表现希腊神话的绘画都有了兴趣。"

"怪不得你这么了解希腊神话的。"洁西说。

关于神话大家又聊了半天，就准备回去梳洗了，今天又是正装夜。

"你是在和晴晴谈恋爱吗？"洁西在大家都走出餐厅后，突然问我。

"当然不是，怎么会，我结婚了。"我回答道。

"我是看你们老在一起。"洁西弱弱地说。

"我们讲中文的更喜欢待在一起，毕竟是母语嘛。"我说道。

"哦。"洁西奇怪地撇了撇嘴，突然又变得开朗起来，"上次酒会发的饮酒券还没用，吃饭前我们去喝一杯吧。"

"好的，我的也没有用呢。"

梳洗完毕，穿上西装，我来到五层的大堂酒吧等洁西。一会儿，洁西穿着一件黑色的长裙出现在我的眼前。这是有些复古款式的露肩长裙，裙摆上配着黑色的流苏，衬得她洁白的肌肤愈加白皙，金色的长发更加耀眼了。

我们来到吧台边，依坐在高凳上，点了两杯马提尼。

举起了装马提尼的锥形杯，本想碰杯，没想到酒保把酒装得极满，一下子洒了出来。有些酒洒到了西服上，结果拿起纸巾手忙脚乱得擦了起来，把洁西逗得哈哈大笑。

收拾停当，我再次小心地举杯，祝美女青春永驻，开心得喝了一口，金酒的味道直冲上来。

这还是第一次单独和洁西在一起，以前美少女三人组总在一起的，所以反而有些尴尬，洁西也是，只是嚼着杯中的橄榄，不说话。

我们只好把眼光放到酒吧的钢琴演奏者那里，听着他弹奏乐曲，突然我说道："按照电影情节，是不是这时应该我或者你端着酒杯走到钢琴那，然后把酒杯放在钢琴上，弹一首钢琴曲，最后全场鼓掌，再举起酒杯回敬全场。"

"李，你真是个好导演，可惜我不会弹钢琴。"洁西看着我说道。

"我也不会。"我尴尬地答道。

两人笑作一团，干杯为敬。

晚餐时身上的酒味被麦克闻到了，我和他说喝了杯马提尼，他竟然在全桌宣布，李喝了一杯马提尼，全桌人竟然集体做出讶异和惊呼的表情。不知道这是不是国外的传统，还是他们以为我是小孩子？为什么我喝个酒他们会有这么大反应。

晚上世界杯俄罗斯对战克罗地亚，观战120分钟后，点球决胜刚开始第一球，卫星信号突然就断了，全体哗然。

108天环球航行第34天

2018年7月8日，星期日，晴

12:00—22:00 停泊希腊凯法利尼亚岛阿尔戈斯托利

记录时间：22:15

记录位置：地中海

记录坐标：38°11′57″N；20°28′23″E

当前航向：西北

今天中午船到阿尔戈斯托利，这是一个常住人口不足万人的小村镇，坐落在海湾里。从甲板上望去，所有的建筑都依山而建。房屋颜色以白色居多，但是全都是红色的屋顶，从远处看显得很有气势。房子的分布似乎比较凌乱，每一间房子都有一扇窗户或一个阳台面向大海。正午的骄阳让整个镇子都泛出耀眼的白光。没有房子的地方则被绿树填满，绿树、红顶、白墙构成了海滨小镇的主题颜色。

到欧洲城市上岸后我都是自己闲逛。由于欧洲旅游业很发达，所以可以自由行。船上的团一般都是去离港口稍远的著名景点，而我其实更喜欢在港口边的城市中溜达，因为著名景点今生或许有再去旅游的可能，而停泊的一些小港估计今生难得重游了。

晴晴今天值班，没法下船，艾米丽和杰森他们报团去了，只有洁西和洋子约我一起逛小镇。吃完午饭，我背起相机包下船，出发。

花了五欧元坐着那种旅游小火车在城里转了一圈，总感觉像国内大商场里哄小孩的那种火车。绕城走了一圈，也没什么特别的地方。据说20世纪50年代这里发生了大地震，所以很多建筑都是新建的。因为是周末，商店都不开门，所以本就人口稀少的小镇显得人更少了。除了这一船游客，街上几乎没什么人。

这就不是一个旅游的地方，而是一个适合度假发呆的地方，当你走在海边的步道上，看着清可见底的海水，你根本就不想动。

城东南处有一座长桥，穿水而过，连通海湾两岸。水中还有一座方尖碑，似乎是从水中升起来的，估计是座纪念碑。桥上的风景很不错，吹着风，还可以拍到小城的全景，就是赤裸裸的桥面上太晒了。

两个姑娘溜达了一圈后也是百无聊赖，这么悠闲的地方难以安抚青年人躁动的心，倒是沿着海边的一家家餐厅吸引了很多游客，我们也选了一家，点了啤酒和小食，坐在伞下，喝杯啤酒，吹吹风，看看海，还是很惬意的。

话题自然离不开希腊，女孩子们更喜欢希腊的故事和传说，还有希腊的风情。不知怎么的就说到了奥运会，想着北京奥运会也过去十年了，那时洁西她们还是小学生，更别说更早的悉尼奥运会了。倒是后年的东京奥运会，洋子准备回国后加入志愿者。

回船的途中，为了多看看，我们向上爬坡走了一条街，结果没想到这里是旅游品购物一条街，大把的希腊纪念品使我们的回船时间延后了两个小时。女孩儿们的快乐也是很简单的啊。

晚上，船上搞了希腊白色夜派对，所有人都要穿白色衣服，连电影都适时播放《特洛伊》，船上的文艺总监还是很用心的。

108天环球航行第35天

2018年7月9日，星期一，晴

8:00—18:00 停泊希腊科孚岛

记录时间：21:55

记录位置：地中海爱奥尼亚海，阿尔巴尼亚以西

记录坐标：40°06′37″N；19°23′34″E

当前航向：西北

今天是独自旅行的一天，因为大家早早都报了岸上游的旅行团，而我则继续一个人瞎转悠。但是听说码头离城里有距离，所以还是买了船上售卖的进城巴士票，20澳元，8点左右开车。我应该是第一个从船上下来的游客，走出码头找到巴士，车上只有我一个人，8:30准点开车，我一人独享40座大巴。大巴开到旧堡到站，不到20分钟，没有多远，好不值啊，最麻烦的是，我把我的棒球帽落在了大巴车上，这一天我是要晒死了。

我花了6欧元买了旧堡的门票。这里就是个大兵营，突出海面，两端可以看到港口的船进出，山上的平台上摆放着古老的大炮。这个城堡里没有什么人，显得出奇地安静，只有周围的残垣断壁诉说着历史兴衰。爬到一半的时候，我看到一座红砖白顶，造型简单的钟楼，站在这里可以看到克基拉城的全景。真的好累，好晒。拍完照片我就下来跑了。

旧堡前是一条大路，路左侧是巨大的广场花园，路右侧一大片草坪后是乔治宫。沿大路向前进入老城区，全都是步行街，路边满是支出的摊位和摆出的咖啡座，很欧洲化的街道。

逛完街，我坐上旅游小火车，8欧元转一小圈，还去看了城南的一些历史遗迹。

回到旧堡，发现了环游旅游车 2 线去阿喀琉斯官，25 欧元一张票，我便买了票，要先坐 1 线回到码头换 2 线，这段是免费的。所以坐着敞篷巴士回了码头。

乘坐旅游车 2 线用了 40 分钟到达阿喀琉斯官，这是奥匈帝国伊丽莎白皇后的夏宫。伊丽莎白皇后就是我们从小看的电影中的茜茜公主了。

所谓夏宫，其实就是皇后在岛上的私人别墅。宫殿依山而建。一走进去就给人一种充满了艺术和奢华的感觉，淡绿色的墙壁上挂满了画和工艺品，大厅的天顶画也是巨大而美丽的意大利画家罗比的《四季》和《时间》，茜茜公主的画像也挂在墙头。别说，罗密·施耐德扮演的茜茜公主和茜茜公主本人真的有七分相似。宫殿分为三层，第一层有皇后的私人礼拜堂以及书房、会客区等功能性房间，二层三层主要是卧室。每一层的楼梯都是件艺术品，细致的木雕、石雕显得品位十足。在通往三层的楼梯间，摆放着巨大的绘画《战车上的阿喀琉斯》，阿喀琉斯站在战车上，手举赫克托耳的头盔，在特洛伊城前炫耀自己的胜利，赫克托耳的尸体则被拖在战车后。

三层后面是一个大平台广场，有长廊与宫殿相接，长廊上有缪斯女神雕像和智者半身像。穿过长廊，逐级而下是一片巨大的花园，花园立有阿喀琉斯的雕塑，白色大理石的雕像是"垂死的阿喀琉斯"，倒地的阿喀琉斯每一寸肌肉都流露出痛苦的样子，右手向那致命的足跟摸去。而青铜雕塑"胜利的阿喀琉斯"则是举着矛和盾，凝视远方大海的激情模样。

我游览了一小时，走出来坐上旅游 2 线，返程路上竟然在旧堡有站，之后回到码头，也就是说，如果安排好，花 25 欧元足以逛完今天的景点，那 20 澳元纯属白花。

不过晚上我找到了自己的棒球帽，班车司机将我的帽子送到了邮轮前台。

另：今天与精致邮轮星座号同港停泊。

📅 108天环球航行第36天

2018年7月10日，星期二，晴

8:00—18:00 停泊黑山科托尔

> 记录时间：22:20
>
> 记录位置：地中海亚得里亚海
>
> 记录坐标：42°00′51″N；18°26′18″E
>
> 当前航向：西

今天时钟回调1小时。

船穿过两面都是高山的科托尔湾峡谷，停泊在海面上。

南斯拉夫解体，分裂为塞尔维亚、克罗地亚、斯洛文尼亚、波斯尼亚和黑塞哥维那（波黑）、北马其顿、黑山六个国家。科托尔是黑山共和国内完整保存中世纪古城原貌的城市之一，并被列入联合国世界遗产目录。

我依旧是早早起床坐第一条接驳船上岸，同行的却只有洋子一个人。其他人为了睡懒觉不和我们一同出发，所以我们约好中午聚餐的场所，两个勤快人就先登岸了。没想到我们的船是停在靠外的地方，同日还有公主邮轮的皇冠公主号和诺唯真邮轮的挪威之星号都停泊在湾内。小城本就不大，这下人数近万的船客的到访使小城立刻就有了人满为患的感觉。

古城依山而建，周边城墙直通山上形成一个闭环沿山坡向上爬升的城墙，有些像长城的样子，当然比较短，只有4.5千米。但是当洋子提出环城一圈的时候，我还是适时地制止了她。由于时间早，所以爬山的人没有那么多，所以我提议先到半山腰的教堂。从教堂望下去，美丽的峡湾尽收眼底，绿色的山峦、红色的小城、蓝色的海水，以及停泊在海面上的白色巨轮，绝对是一幅绝世画卷。我轻按快门，留下这一美景。我实在是累得不行了，就让洋子自己往上接着爬，我在出口的咖啡厅等她。后来她说实际上我已经爬了三分之二了，坚持一下到山顶景色会更美些。可是我的体力真是支撑不了，而且人逐渐多了起来，还有些拥塞的感觉。

城中的消费倒还不贵，坐在小街边的咖啡座上很是惬意。欧洲的城市大致相同，都是不太高大的建筑，但距离较近，形成一些弯弯曲曲的老街。只要街边稍有平坦之处，立刻就摆起桌椅，支起遮阳伞，作为小憩之地。整个城市有些像缩小了数倍的布拉格，但一样多的是教堂。

圣特里芬大教堂是当地最大的教堂，属于天主教堂，有巨大的金箔圣像祭坛，可以上到二层，但不能爬上钟楼。二层是展览室，摆放着主教进行重大弥撒活动时穿的服装和用的礼器，以及银烛台，还有许多宗教画和宗教雕塑的藏品。

圣尼古拉斯教堂却是个东正教堂，精美的神龛和祭坛画是这个教堂的特色。

圣卢克教堂，我没有进去，但是可以看到教堂顶上那三个大小不同的钟。一直不知道是为什么，问了洁西她们，也没有答案。

在科托尔的博物馆边，有一个"猫博物馆（Cats Museum）"，也是女生们约好的聚会地。这儿竟然都是真的猫，满满三大屋子，还有一些关于"喵星人"的展板。满屋子抱着猫咪的都是女生……

午饭 AA 制，价格倒不贵。东欧的饭菜大致相同，肘子猪排一类的就算是大菜了，但是啤酒就要走到哪国喝哪国的牌子。

转悠完毕回船，补拍了科托尔的城门。城门上红五星下的 1944 年 11 月 21 日是二战末科托尔解放的日子，上面的徽章也是南斯拉夫时期的城徽，在城徽和解放日之间，雕刻着铁托的一句话："不要拿走我们的东西，我们也不会拿走你们的。"

108 天环球航行第 37 天

2018 年 7 月 11 日，星期三，晴
7:00–16:00 停泊克罗地亚杜布罗夫尼克

记录时间：23:00
记录坐标：42°58′57″N；15°28′28″E
记录位置：地中海亚得里亚海
当前航向：北

今日到达原南斯拉夫的另一个国家——克罗地亚，船停在杜布罗夫尼克，克罗地亚著名的旅游城市。据说是因为美剧《权力的游戏》在此拍摄而出名，反正我是没看过这部美剧。美丽的小城有些类似那种常见的旅游城市，遍地都是商店和咖啡厅，价格也远高于前两天的科托尔和科孚岛。为了上网联系国内家人，我点了杯可乐，7.5 欧，太贵了。

我一如既往坐头班车到达，虽然多数的店家都没开门，但是起码能拍到美丽的建筑和广场。十点左右，人头攒动了。这个城市其实就是个古代的堡垒，依山面海，围着整整一圈古城墙，据说古城墙长 1940 米。

城内建筑还是中世纪时的样子，整个城市也是世界遗产。说实话我对新的热点城市并无太大好感，也无打卡的冲动，所以今天也没有约人同行，而是自己一个人在城里闲逛。

从派勒城门进入城内，眼前就是宽敞而平直的加泰隆尼亚大道 (Stradun)。这是我第一次在欧洲小城里看到这么宽敞的街道，街道两边都是店铺。大道几乎纵穿整个城市，整齐光亮的石子路，让清晨的城市显得干净、清洁。当然，店面开门后，临街的咖啡座和商店的摊位立刻就会将大道变窄一半。

城门边是大欧诺佛喷泉，应该是古代取水饮马的地方，不同的方向雕刻

着不同浮雕的出水口。喷泉对面是圣方济各修道院，大门上方的圣母怜子像生动逼真，也算是雕刻的精品了。修道院中的博物馆是一个有四面回廊的大院子，院子里种着树，罗马式回廊里都是雕刻和壁画。这里还有一间古老的药房，1391年开业，是欧洲第三古老药店。

沿加泰隆尼亚大道走到头就是杜布罗夫尼克钟楼了。钟楼和对面的圣布莱斯教堂组成了一个中央广场。广场正中是四边形的奥兰多立柱，上面雕着骑士罗兰。

这里向右拐钻进胡同，走不远又是一个广场，称为集市广场，是当地人的菜市场。转过集市后，是长长的类似罗马的西班牙台阶，只是变小变窄了而已，但模式一样。拾级而上就是圣依纳爵教堂，这里拥有美丽的天顶画和祭坛画。依纳爵是天主教耶稣会创始人，所以画上多讲的是他的故事。

继续往前走就来到了杜布罗夫尼克主教教堂，这个教堂在内战中曾有损毁，后进行过修葺，所以内部较新。出来之后往后面一绕，穿过总督府前的大路，就又回到中央广场了，城市就是这么小。

从中央广场穿小道可以到城外，到海边的老码头那里。老码头到处是游船，也可海上巡游。

天气渐热，人也渐多。清新的小城多了些烦躁感，打道回府吧。

中央广场上，很多工人在搭建临时座席和大屏幕，本以为晚间有什么表演活动，一问才知，晚上城中的球迷们将在这里收看克罗地亚对战英格兰的世界杯半决赛，唉！中国球迷只能羡慕了！

108天环球航行第38天

2018年7月12日，星期四，晴

12:30—24:00 停泊意大利威尼斯

记录时间:23:30

记录位置:威尼斯

记录坐标:45°26′12″N;12°18′41″E

当前航向:停泊

　　威尼斯(Venice)是一个别致地方。出了火车站，你立刻便会觉得:这里没有汽车，要到哪儿，不是搭小火轮，便是雇"刚朵拉"(Gondola)。大运河穿过威尼斯像反写的S，这就是大街。另有小河道四百十八条，这些就是小胡同。轮船像公共汽车，在大街上走;"刚朵拉"是一种摇橹的小船，威尼斯所特有，它哪儿都去。威尼斯并非没有桥;三百七十八座，有的是。只要不怕转弯抹角，哪儿都走得到，用不着下河去。可是轮船中人还是很多，"刚朵拉"的买卖也似乎并不坏。

——朱自清《威尼斯》

　　这篇语文书上的课文，让很多中国人知道了威尼斯，知道了"刚朵拉"，知道了这座水城，这个传奇的城市。她在中国的知名度甚于意大利的任何城市，似乎也就是徐志摩笔下的翡冷翠（佛罗伦萨）敢与她争艳。所以，对很多中国人来说，威尼斯是十分向往的城市。

　　当海公主号驶入威尼斯的岛群时，我还在早餐厅吃我姗姗来迟的早餐。前些日子我每天早起，第一个下船，其实还是蛮累的。既然说今天中午才到威尼斯，我就睡了个懒觉，所以吃早餐就比较晚了。

　　我坐在窗边，看着威尼斯外岛上郁郁葱葱的树林和隐藏其间的建筑，心旷神怡。船一转弯，大片的红房顶就显露出来了。我一惊，莫不是这就到了？便立刻扔下餐盘，向甲板上跑去。

美丽的水城瞬间出现在船前，宽阔的海面上小船如织，威尼斯主城区一侧都是密密麻麻层层叠叠的房屋，房屋都不是很高，一座座钟塔从红色屋顶中显现出来。14层楼高的邮轮顶层，绝对是观赏水城的最佳位置。

邮轮驶过，群船避让，岸边的古老建筑一一而过。不一会儿，圣马可广场到了，白色的总督宫、红色的圣马可钟楼分外显眼，只是它们之间的广场上，是密如蚁群的游客。邮轮驶过，无数游客跑到岸边，拍下这壮观的一幕。

由于没有拿单反相机，又怕回去拿相机耽误看美景，我就只用手机拍了两张照片，倒是让我全程欣赏了此景。用自己的双眼去发现世间的美好，而不是把自然的美定格在相机之中。

船从圣母安康教堂的右侧驶过，转到城西的码头停泊。今天晴晴休假，我们约好同游水城。

码头有公交摆渡船到圣马可广场附近，从小船上再看圣马可钟楼就显得高大了许多。从圣马可广场向东到轮渡码头这一路的堤岸上人头攒动，而且没有遮挡，暴晒异常。

总督府、圣马可教堂和圣马可钟楼都需要排队进入，在露天的圣马可广场上队列各自蜿蜒前行，最终，我们选择参观圣马可教堂。

从午后的阳光广场进入高大、昏暗甚至有些冰冷的圣马可大教堂，甚是凉爽，只是眼睛难以适应环境的突然黑暗而已，这是一个拜占庭式建筑，当然也融合了哥特甚至东方的各种艺术形式，但主体结构仍是巨大而空旷的。在我们进入教堂时，正值唱诗班在演练，圣歌回响在空旷巨大的穹顶下，整个教堂显得庄严而慈祥。

当眼睛适应了教堂内的光线后，就会看到一个金色的世界，每一个穹顶都涂满金箔，壁画绘于其上。只是金色有些暗沉，诉说着这座建筑千年来的沧桑变化。教堂中心是巨大的青铜华盖，似乎比梵蒂冈那顶小了一些，但也雕刻精美，蔚为大观。再向里走，就是黄金祭坛了，正面是耶稣和十二圣的金箔画，绕到后面，则是一面巨大的金色屏风，黄金为框，绘有几十幅宗教画，间或镶嵌着各色宝石。官方统计共使用了2500多颗钻石、红宝石、绿宝石、珍珠、黄玉、祖母绿和紫水晶等珠宝来装饰。

逃离人流量巨大的圣马可区，钻入小巷，我们感受到了水城的宁静和古味。城内桥梁相连，光凭走路也可以环游此城。整个城市都是四到五层的建筑，有些老态和斑驳。当没有如织的游人的时候，威尼斯是沉静的，甚至是有些落寞的，如灯光散去后的歌女舞姬。

晴晴的一大愿望就是乘坐刚朵拉这种两头尖尖翘起的摇橹小船环游运河，我自然要陪同了，找到年轻帅气的船夫似乎才是第一要务。穿着帅气的水手服的小哥扶好船，我俩依次上船，橹儿一摇，向着密如织网的河道飘去。"妹妹你坐船头，哥哥在岸上走，恩恩爱爱纤绳荡悠悠……"帅气的船夫突然用中文高唱起来，瞬间，悠然而沉静的气氛一扫而空，只剩爆笑。问了才知道果然是中国游客们教的，不过小哥的语言能力不错，字正腔圆。

经过一栋栋房屋，穿过一座座桥梁，可以看到这些建筑物的墙面有些陈旧，被水拍打的河岸也已经有秃露的砖块，但是，浓浓的艺术之美仍体现在每一个雕塑、浮雕之上。每个角度都是富含美学的构图和色调，仿佛这座城市就是用"艺术"两个字建成的。

晴晴尝试让小哥学会《让我们荡起双桨》这首歌，可惜这不是短时间可以学会的。晴晴甜美的歌声响起的时候，声音在窄窄的河面上回荡起来，空灵而动听，这时突然有掌声响起，却只闻掌声未见人。小船在这时忽地轻轻一拐，就进入了另一条河道，这里竟然停着十几条刚朵拉，在排队通过拥挤的河段。我们一转过来，就看到她们在为晴晴的歌声鼓掌，弄得晴晴极其不好意思，似乎要把头藏在船板里了。

傍晚时分我们又溜达回圣马可广场了。夕阳下,圣马可教堂的金色壁画更加耀眼。广场上摆出了无数桌椅,钢琴师和小乐队纷纷开始了他们的表演。坐在座位上,看着夕阳、钟楼、白鸽,听着音乐和钟声,喝着啤酒,人生如梦啊。在圣马可广场装样子代价可是不菲,一小瓶圣马可广场牌啤酒18欧。

晚上我们两人在大众点评上查到一家意大利菜,穿小巷找到地方,吃了火腿和黑黢黢的墨鱼意面,就不评价了。

夜色下的威尼斯依旧热闹。

108 天环球航行第 39 天

2018 年 7 月 13 日，星期五，晴

0:00—18:00 停泊意大利威尼斯

记录时间：20:30

记录位置：威尼斯湾

记录坐标：45°18′05″N；12°30′02″E

当前航向：南

今天是独自一人长走的一天，从圣马可广场向西，到学院桥过运河，再向东是安康圣母教堂。

安康圣母教堂建于 17 世纪，当时因"黑死病"肆虐，共和国政府决定兴建此教堂献给圣母玛利亚。教堂面积很大，巴洛克风格的建筑呈八边形，在内部有六个祭坛各朝一方，中心是巨大的水晶吊灯。主祭坛是巨大而精美的圣母子雕塑群，每个雕塑都栩栩如生。主祭坛后面的珍宝馆中，展出了世界名画，丁托列托的《迦纳的婚礼》，透视和布局极棒，不愧是文艺复兴时期的巅峰之作，而且这里留存的是原画，卢浮宫的那幅只是复制品。还有提香的《圣马可加冕图》，亦是极品。进入珍宝馆要收 4 欧元，并且不让拍照，但有此机会参观已足矣。

向西走，有一处庭院式的建筑——佩姬·古根汉美术馆。这是一个展出印象派作品的私人艺术馆，门票 15 欧元，里面藏有毕加索、杜尚、米罗等印象派代表画家的作品，庭院中也有些印象派代表人物的雕塑，总之以现代艺术为主。如果看客对此不懂，可能会觉得票价不值吧。

学院桥边的学院美术馆可就更棒了，12 欧元的门票。美术馆整整两层，展品丰富，以威尼斯画派的作品为主，对于喜爱文艺复兴时期绘画的我来说这

里简直是天堂。这里有提香的作品、贝里尼的作品、丁托列托的作品，镇馆之宝就是乔尔乔内的《暴风雨》了。在此展出的画作件件都是精品，让人目不暇接。一层分为两部分，一部分展出油画，另一部分主要展示雕塑。

运河左岸，更多的教堂中遍布珍品，威尼斯无愧是一座艺术之城。

最后我向北游览威尼斯相当著名的一座桥——里亚托桥。巨大的石桥横跨运河，桥上有回廊庭室，这些小房子是一间间商店，逛桥逛街为一体。哦，精明的威尼斯商人。

下午船出威尼斯，再次检阅般通过河道，晚霞映照下的威尼斯更具有迷幻般瑰丽的色彩。此次航行过后数月，威尼斯开始禁止一切大型邮轮进入内河航道，因为带起的浪会对两岸建筑产生巨大的破坏，这检阅式的入城礼竟成绝唱。

今晚船上有意式狂欢，很多人买了面具。但我太困，准备看一眼就去睡了。

108 天环球航行第 40 天

2018 年 7 月 14 日,星期六,晴

8:00—18:00 停泊意大利安科纳

> 记录时间:21:00
>
> 记录位置:亚得里亚海
>
> 记录坐标:43°24′16″N;14°15′43″E
>
> 当前航向:东南

昨晚实在是累得不行了,早早睡下,今天早起第一个下船,继续长走。安科纳是一个工业港口,码头较为混乱,城市紧挨着码头。

整个城市依山而建,所以需要沿着大街爬坡而上。我一开始走反了方向,去了港口边的一段城墙遗迹,城墙明显是新葺过的,不过这确实是个老城,公元前就有希腊人筑城于此。后来发现此路似乎不通,只好又折回,走另一侧的商业大街。商业大街正对码头,也不知为何刚才没有注意,巧的是刚好遇见刚刚下船的洁西,于是约上她今日同行。商业大街一直延伸到一个巨大的花园广场。花园广场上有喷水池和雕塑,一个小天使立于喷水池的最上方,上面停满了鸽子。隔壁一条同方向的小街边,是著名的十三口水池,这个水池建于 16 世纪,是为了纪念被斩首的十三位勇士,至于为什么被斩首,我们也没有看到具体原因。这个水池最著名的预言是:喝了这个水,今生还会来一次安科纳。洁西第一个跑过去接了水,一饮而下,又催着我饮了一口,快乐地说:"我们都会再回安科纳了。"接着又突然问我,"李,你会不会和我一起回到这里呢?""或许吧,未来会越来越方便,约好了来一趟很容易的。"我答道。

我们沿着城中的小路一路向东登顶而去。山顶上是安科纳主教座堂,坐在门前面的台阶上,可以环视大海和安科纳市。这是一座融合了罗马风格和哥

特风格的大教堂，巨大的五叠式拱门极其耀眼。

  从教堂往下走，路上有展出新石器时代和青铜器时代的马尔凯国家考古博物馆。展馆不大，展品却很丰富、精美。尤其是带有黑色图画的罗马式陶罐，总觉得似乎在哪本历史书上见到过。

  沿街而下还有很多古罗马遗迹和各种教堂，有的教堂就建在古罗马的神庙或者广场之上。走下来，就可以看到当年的罗马柱和拼成各种图案的石子路遗迹。

  小城美丽、清幽，走在路上感觉很惬意。我和洁西一路走一路聊，倒也不觉得很累，这或许也和下坡省力有关吧。如果不是地中海夏季的酷日当头，怕是更开心些。

  明天是航海日，可以休息一下。但我也纠结，5点世界杯决赛开始，5:30正装晚餐开始。怎么取舍，明天看下菜单再定吧。

📅 108天环球航行第41天

2018年7月15日,星期日,晴

在海上

记录时间:23:10

记录位置:爱奥尼亚海,地中海

记录坐标:38°15′22″N;16°55′43″E

当前航向:西南

今天是航海日,好好休息一下吧。前面长航海日觉得无聊,可是接连几天上岸的运动量也太大了。

一觉醒来,临近中午,腿上酸软的感觉阵阵袭来,我穿着拖鞋去吃午饭。甲板上日头正足,依然是人声鼎沸。

正餐厅门口会有今晚菜单的介绍,看到没有龙虾什么的硬菜,我果断决定晚上看球赛。世界杯决赛,四年一次,值得珍惜。回房间的路上遇到洁西她们,约好晚上同去看球。今晚在星空影院的大屏直播决赛,所以她们商量好先去占座。

这是我第一次错过邮轮上的正装夜,我是很喜欢带有仪式感的活动的,也喜欢穿正装,或许是因为以前的工作不需要天天着正装,而开始写作后更不需要穿正装了,反而珍惜这种被要求穿正装的机会。

世界杯决赛即将开始,法国对克罗地亚,均是欧洲球队。欧洲航程中我们船上的欧洲人颇多,所以两队的拥趸各自聚集起来。船上也为这个盛会悬挂了些彩带和标志,当然最主要的是一桶桶用冰镇着的啤酒,得益于世界杯,船上的酒水大卖啊。

14层甲板和15层甲板均可以观看星空影院的大屏幕,但是人们似乎很有默契，14层几乎都是法国球迷，而15层都是挥舞着克罗地亚国旗的球迷。对了，忘了说了，在杜布罗夫尼克的时候，街上有很多售卖克罗地亚国家队队服的商店，好多船客都买了，结果就用上了。

躺椅已经摆好垫子了，洁西她们只占到了三个躺椅。来看球的人实在太多了，杰森和艾米丽已经腻在一个躺椅上。彼得最近和布莱克那帮体育男混得很熟，所以去吧台那边的"球迷大本营"了，所以洁西和洋子坐在了一个躺椅上，把第三个椅子让给了我。

躺椅看电影还是蛮舒服的，但是看球就没那么舒服了，进球时激动但爬不起来，所以最后索性盘腿坐在躺椅上了。

我们五个人要了一打啤酒，准备看球。由于莫斯科在我们东面，所以我们的时间是早于莫斯科时区。下午五点开球，太阳还没有落下去，还是蛮热的。外国人也是一样的，穿着小背心或者光着膀子看球，倒是脖子上不嫌热的系着两队的围巾。与其说是看比赛，不如说是自娱自乐的派对开始了。

洁西她们是法国队的拥护者，因此不断地大呼小叫，半场休息时竟然已累倒在躺椅上，真是不惜体力。这时洁西突然窜到我的躺椅上，也盘着腿坐在躺椅尾部，问道："李，要不要赌一下最后谁赢了？"

"哦，赌什么？"

"嗯……一顿中国菜怎么样。"

"好的。"

"法国，我赌法国赢。"洁西说道。

"那好吧，我只有选择克罗地亚了。"

"我肯定会赢的。"洁西灌了一口啤酒，坚定地说。

下半场她就坐在我的躺椅上一起看完了比赛，在比分4：1的时候我就知道大势已去，只看到洁西的笑脸。

📅 108天环球航行第42天

2018年7月16日,星期一,晴

8:00—18:00 停泊意大利墨西拿

记录时间:21:50

记录位置:第勒尼安海,地中海

记录坐标:38°53′57″N;15°17′23″E

当前航向:北

今日船停靠意大利西西里岛的墨西拿。我第一批下船,和同时下船的两对老夫妇合乘一辆出租车去陶尔米纳,平均每人35欧元。在欧美通常会有出租车拼车拉客,可以砍价,可以合租,倒是比较方便。当然也有人使用优步等打车软件租车,会更便宜。

陶尔米纳是个典型的西西里小城,建在山顶,石板路忽上忽下,狭窄的街道两侧都是黄色的房子。每栋房子朝向街道的窗户外都有石质或铁艺的阳台,窗户也是标准的西西里式木质百叶窗,阳台上的花盆里则种着红色的花,成为街上最美的风景。这不禁让我想起著名的电影《西西里的美丽传说》,这里和电影中的道路、房子、阳台、花一模一样,还有穿行在街道上的骑车少年,只是缺少玛琳娜的美丽容颜。

城中有些罗马时期的古迹,其中大剧院已经被改造成观看类似"印象××"类的实景秀场。小城不大,逛2小时足矣。

坐车回墨西拿。在山顶的教堂前停车拍影,可惜教堂不开,但是此地却是俯瞰墨西拿的最佳地点。之后,回到了山下临近码头的墨西拿大教堂。这也是一座古老的教堂,教堂前的广场上人很多,建于1553年的白色大理石喷泉(Orione)矗立其间。整个喷泉柱上面雕满了各种雕塑,据说是米开朗琪罗的学生蒙托梭里的作品。

广场上的人越聚越多,我看到洁西她们几个也来了,晴晴也和一批船员朋友来到这里。分别打了招呼后,我问晴晴为什么大家都聚在这个广场上呢?这么晒的正午。晴晴指了指旁边的钟楼说,马上就要开始了。

原来墨西拿大教堂的钟楼是这里重要的一景,适逢 12:00,钟楼上播报最完整的报时流程。先是钟声响起,然后是圣人出行的走马灯,每一个小人还会对着圣人躬身施礼;接着就是高处的狮子开始摆头怒吼,之后安静了一下,下边的金鸡开始打鸣;之后圣乐响起,好几层的小人又开始转圈等等,折腾了足有 10 分钟。无数人在广场上拿着手机,抬着头,顶着正午的烈日录像。

钟楼的另一侧有一个巨大的天文钟,钟盘上绘着黄道十二宫,表针则是各大行星在天上十二宫的相对位置,据说这是世界上最大的天文钟之一。

墨西拿大教堂里面也很恢宏,尤其是巨大的基督天顶画,镶金的圣母子祭坛也是精美至极。

本来要完成赌约,请洁西她们吃饭,可这里全都是意大利餐。意大利人对自己的美食还是很自信的,而接下来的西班牙,似乎也是一个美食之国,所以只好约好,到英国的时候,再请她们吃中餐。

想想也是,南欧的希腊、意大利、西班牙加上法国南部似乎都是美食国度,越往北倒是吃的越差了。

今晚星空影院播放《托斯卡纳艳阳下》,真的很应景啊。

108天环球航行第43天

2018年7月17日,星期二,雨转晴
7:00—18:00 停泊意大利萨莱诺

记录时间:22:20

记录位置:第勒尼安海,地中海

记录坐标:40°39′45″N;13°19′59″E

当前航向:西

今日船停靠意大利中南部的萨莱诺,我依旧是7:30头班下船,船上很多人都报团去了很远处的庞贝和索伦托等地,我则想尝试坐火车过去。

萨莱诺是个工业港,所以邮轮和货轮都停靠在一个码头,比较混乱,好在有免费巴士到市中心。火车站离巴士站比较远,所以我不到8点就步行横穿小城。

小城的早上是安静的,除了早起的汽车从小街上呼啸而过外,耳中只有鸟鸣声。空气中有一种湿润而古老的气息,似乎是从街边古老的淡黄色建筑中发出的。早起上班的人们是那么安静而匆匆地行走在马赛克铺成的小路上。当阳光照进楼宇间,商店的铁闸应声抬起,热闹似乎一下就到来了。

在火车站我用我的低水准英文竟然也问到了重要信息,火车要3-4个小时才到庞贝,也就说在那里待不到两小时就得往回跑,还要担心这边赶不赶得上船,算了,就在此地先转转吧,下次有机会再去这个著名的地方吧。

其实在北京就看过庞贝展,说句实话,有些残忍,恐怖的天灾已是庞贝城人的巨大灾难,两千年后,他们因天灾而死的卷缩躯体竟然成为展品,帮助活着的人和死了的人一起回忆那场噩梦。

索伦托则是老年人耳熟能详的城市,当然年轻人熟悉的是她的另一个翻译名字——苏莲托。意大利歌曲《重回苏莲托》也算是世界名曲了。意大利美丽的阿马尔菲海岸就在这里，也是意大利标志性的地区。

此地或许还是待上几天仔细游玩才好，此次就在萨莱诺小城先游历一番吧。

别看这么一个小城，也有辉煌的建筑和历史，有巨大广场和拱廊的萨莱诺大教堂，有深埋地下的罗马柱遗址，还有萨勒诺地区历史博物馆展示的美丽的历史藏品。虽是小城，依然精彩。

本来应该晚上六点起航，但由于晴晴和洁西她们那个庞贝团路上堵车晚到，所以起航时间改为晚上七点，这就是参加船上团的优势，会延时等待。如果是自行离船游玩晚点，船是不会等你的，你只有自己赶到下一个港口，再次登船了。

夜宵时间看到了女孩们，她们还在兴奋地回述这次美妙的旅程和险些误船的刺激。

📅 108天环球航行第44天

2018年7月18日，星期三，晴

在海上

记录时间：22:55

记录位置：地中海

记录坐标：41°20′37″N；4°28′11″E

当前航向：西

今日我们的船穿过科西嘉岛和撒丁岛之间的博尼法乔海峡，一路向西，直奔巴塞罗那。

睡了个懒觉起来到甲板上，天上的骄阳和平静无波的海面，使得空气似乎都停滞了下来。海上极其平静，仿佛是一个大湖，只有船破开水面的地方泛起了浪花，很快这些浪花都被平静的海面消解掉了。和印度洋的惊涛骇浪比起来，这里仿佛是另一个世界。

这种平静一直延续到晚上。站在夜色笼罩的甲板上，看着新月的光芒洒在无波的海浪上，只有船划过水面的声音，其他都是安静的。我和秉信兄站在甲板上抽烟，被这安静的景色震撼到了，说起"黄泉之路"怕也就是这么安静吧，就差船头坐一个拿着镰刀的哥们了。而我的感觉却是，水下似乎孕育着什么，似乎一会儿之后，一艘破败的三桅帆船就会从水中钻出，斯派克船长站在桅杆上。哈哈，加勒比海盗的情景。

忽然，一个阴影从海面上越出，将平静的海面搅乱了一小朵，借着新月的微光，看到了光滑的背鳍。"是海豚吗？"

水面上突然热闹了起来，一条条海豚似乎受了惊吓般跃出海面，一朵朵浪花飞溅，但也就一分钟的工夫，突然又销声匿迹般的重归平静，仿佛什么都没有发生过。刚刚找出手机要拍摄的秉信兄茫然地转头看向我,嘴里还叼着未灭的半支烟。我也一头雾水,或许是船打扰了它们的休息。

洁西突然跑过来,见到我问道:"你刚才看到海豚了?"

"就一分钟,就不见了。"我回答说。

"还会出来吗?"洁西问道。

"不知道,要不我陪你在船两边看看。"我和秉信兄道了别,和洁西走向船的另一侧。

"为什么晚上看不到星星?"在等了半天海豚无果之后,洁西的兴趣转到了天上。"光扰太强了。"我说道。然后教她用双手挡在腮前,挡住灯光向上看,就看到了更多的星星。

"你知道的真多,李。"洁西看着我说。

"哦。没什么,别忘了我是地理老师。"我笑着回答她。

"那你说说为什么这里的海这么平静。"洁西又问道。

"这是由于此地是副热带高气压带控制,气流是下沉的……"

有些专有名词用中文说容易,转成英文就麻烦了,"副热带高气压带"有道的翻译是"anticyclone zone of subtropical belt",连洁西看到这个词都崩溃了。

今天早早睡觉,明天一早就到巴塞罗那了。

108天环球航行第45天

2018年7月19日，星期四，晴
6:00—24:00 停泊西班牙巴塞罗那

> 记录时间：23:55
> 记录位置：巴塞罗那港
> 记录坐标：41°21′13″N；2°10′29″E
> 当前航向：停泊中

今日重游巴塞罗那，和两年前一样。从巴塞罗那港区一出来，就是哥伦布广场和兰布拉大街。由于今日停船很早，所以得以见到清晨的巴塞罗那。兰布拉大街很宽敞，街上的各种摊点还没有摆出来，平整的步行街道上只有婆娑的树影。两旁的商店依然紧闭着门，只有波盖利亚市场已经灯火通明开始忙碌起来了，各种火腿、奶酪、海鲜，以及一些店家制作的成品食物都已摆放在了货架上，在灯光的照耀下，格外诱人。

大街两边的加泰罗尼亚建筑在清晨的阳光下一扫老建筑的昏暗，也显得生机勃勃起来了。我一路漫步，直到另一头的加泰罗尼亚广场，再转身往回走。因为今天和晴晴约了一起转巴塞罗那，她们船员下船时间要晚些，所以我回到哥伦布广场等她。

坐红线、蓝线、绿线巴士，一天30欧，这三条线可以随意上下，都是敞篷双层大巴。红线主要是城区，哥伦布广场有站；蓝线有圣家堂，山顶，古埃尔公园，巴萨俱乐部；绿线经过工业区改造后的住宅区，以及海边的水上运动中心等。

和晴晴会面后，我们就开始了标准的打卡之旅，米拉之家、巴特罗之家、圣家堂，一水儿的高迪系列。在车上一聊，我俩都是重游巴塞罗那，其实都来过了，但是到了巴塞罗那，不再逛一下似乎也说不过去，就当坐车逛景了。

圣家堂还是那个工程状态，100多年的工期，两年确实也看不到什么变化，我怀疑等塔尖建好下面的教堂已经成古迹了。米拉之家和巴特罗之家还是原来的状态，排队的人极多，所以我们也就拍了拍外景而已。然后就直奔此次的重要目的地，巴塞罗那之巅，迪比达波山山顶。

先坐旅游车，然后转乘登山缆车，再转乘公交，最后才能到达山顶。这个登山缆车就是那种有轨道斜着上下的像小火车一样的缆车，缆车上用油彩喷着乱七八糟的涂鸦，整个车也吱吱喳喳乱响。晴晴却像是很欣赏这种街头艺术，不断用手机自拍。

迪比达波山山顶竟然是一个大游乐场，而且色调偏粉红和白色。晴晴的少女心立刻爆棚，一面拍照发朋友圈，一面邀请我一起玩游乐项目。我们选了比较刺激的高空摇篮，就是人站在篮子里，一个类似起重机的装置将篮子托举到更高处，正好可以俯瞰全巴塞罗那。

篮子不大，最多能乘4人，我和晴晴两个人站在里面倒还宽敞，这个铁篮子是半封闭的状态，所以托举的过程中略有晃动，还挺吓人的，有恐高症肯定受不了，而且因为是站在里面，也没有安全带什么的，所以运动过程中，晴晴一直紧抓着我的手臂，还是有些紧张的。但当篮子举到最高处停止下来时，眼前的美景就吸引了我全部的注意力，大海、城市、群山融合成一幅画卷，展现在眼前。

虽然风光甚美，但是午后的烈日还是将我们赶到了100米开外的圣心教堂。这是一座加泰罗尼亚式教堂，每个柱子上面都是唯美而复杂的雕塑。教堂顶上是一尊张开双臂，面向大海的耶稣像，和在里约热内卢的那尊造型一样，只是大小不同，另外，我在多米尼加也看到过一尊。教堂内也有精美的绘画和雕塑，可以爬到塔顶，需要另外花钱，其实和我们坐篮子上去的高度差不多，就不去了。

一通折腾，又回到蓝线行程，只是我俩都累得够呛，所以就走马观花，看了看沿途的风景，在车上拍了古埃尔公园大门的照片，其实我对高迪的建筑感觉一般，我更喜欢规模性、对称性的宫殿式建筑，可能也和生在北京有关。诺坎普球场也是一带而过。我们赶在天黑前回到了加泰罗尼亚广场。

晚饭是在有着130多年历史的老店 7 PORTES 吃的。这家店在一个并不热闹的街角，装潢也不是很豪华，黑色的房梁，橘红色灯罩的吊灯，座位比较紧密，但并不局促。我们没有预约，但由于到的时间较早，所以侍应生带我们来到了钢琴边的位置。坐下后一看，全场基本满员，好在来得早。靠墙的座位上方钉着金属的小牌子，上面是一些人名，也就是在此吃过饭的人，包括毕加索、伍迪·艾伦，甚至还有英国女王。我们点了这里最著名的伊比利亚火腿和西班牙海鲜饭，以及他们用葡萄酒调制的饮料"桑格利亚"。

当大瓶的"桑格利亚"见底的时候，黑夜已笼罩巴塞罗那，两个被大盆的海鲜饭撑着了的人起身离开，这时饭店门口的回廊上已经有很多人在等位。沿着青石板路，两个吃饱喝足的家伙心满意足地向兰布拉大街走去。

可惜的是大街上的剧院中，弗拉明戈舞的表演最后一场已开始，今天是无缘观赏了。

夜晚的巴塞罗那似乎更加热力四射，我们在城市中到处乱走。晴晴的兴致也是愈发高涨，发挥出夜之女孩的本色，逛店，泡吧，在自由市场吃美食，甚至走到了一家电影院，问有没有夜场电影看。看场的西班牙老大爷英语还是不错的，告诉她就算有电影也是西班牙语的。原来在西班牙看电影也是西班牙配音版，不是仅有西班牙字幕。

午夜时分，兰布拉大街依然灯火通明，我们买了街边一家著名的冰激凌店的冰激凌，坐在街边的长凳上，边吃边看那些正在收拾摊位的忙碌的人们。大街上的游客也逐渐结束狂欢走上回归之路，清洁工则开始用高压水枪冲刷着街道。在吃完最后一口冰激凌之后，呜呜的水枪已快到达近前了。西班牙的清洁工几乎不管行人，而是平推过来，所以街上的人们都是自行躲避的。我们赶紧站了起来，被催赶着向着港口的方向跑去，晴晴牵着我的手，路边闪烁的霓虹灯照在她兴奋不已的脸上，突然觉得，这就是青春的活力。

我抱住了她，看着她，低下头吻了她，在哥伦布纪念碑下，仿佛找到了自己的新大陆，那如河水般的光滑细腻的唇。

开始她并没有拒绝，但是突然，我们醒了过来。

"对不起！"骤然分开的我们一起说道。

我们怀着复杂的心情，沉默着走回了船，道了晚安，回到了各自的舱房中。

📅 108 天环球航行第 46 天

2018 年 7 月 20 日,星期五,晴

0:00—14:00 停泊巴塞罗那

> 记录时间:22:00
> 记录位置:巴利阿里海,地中海
> 记录坐标:39°06′32″N;0°39′38″E
> 当前航向:西南

今天蒙头大睡,一觉起来就到午饭时间了。看着远去的巴塞罗那港,一天无所事事。

今晚的秀是一对男双胞胎的表演,索然无味。

大家都开始准备到南安普顿的事情了。乘客有很多准备下船,服务人员、驾驶舱人员大换血,连船长都会换。我的正餐餐桌没有变,但布莱克夫妇要下船了,到时候会来新人同桌就餐吧。

晚餐后我从娱乐场的门口经过,看到晴晴站在牌桌前,我便一闪身从另一侧过去,没有打招呼,主要没想好说什么。

行程近半。

108 天环球航行第 47 天

2018 年 7 月 21 日，星期六，晴

在海上

记录时间：22:00

记录位置：大西洋

记录坐标：36°20′20″N；7°31′49″W

当前航向：西北

地中海的行程到了终点，今天海公主号穿越了直布罗陀海峡，从地中海进入大西洋。

直布罗陀海峡是地中海重要的出口，坐在船上可以清晰看到海峡最窄处的西班牙马罗基角和非洲的摩纳哥希雷斯角。很小的一个口，真的可称之为咽喉要道。

因为地中海蒸发量大，盐度大、密度高，大西洋海水盐度低、密度小，所以在直布罗陀海峡，上层海水由大西洋流向地中海，下层海水由地中海流向大西洋，这就是最经典的洋流的一种——密度流。

因为密度流，所以从甲板上看船一直是逆着海水方向行驶的。

今晚表演歌舞的还是那个舞团。

我再次逡巡到娱乐场的外面，下定决心走了进去，却没有看到晴晴，估计是轮班休息呢。逃也似的跑了出来，却是突然一下放松了，或许短暂的逃避却是没来由的轻松吧。

我跑到甲板上抽支烟舒缓下心情，当然又遇到秉信兄，他们也要在伦敦

下船。在船上总有离愁和别绪，以前坐那种7天的短程还不觉得，这种同舟五十天的生活，让我们仿佛老友离别一般，平添了几分难以言喻的愁绪。

或许是离别在即，我的心情跌倒了谷底，胡乱睡下了。

📅 108天环球航行第48天

2018年7月22日，星期日，晴

12:00—23:00 停泊葡萄牙里斯本

记录时间：23:30

记录位置：大西洋

记录坐标：38°41′08″N；9°14′36″W

当前航向：西

今天12:00至23:00船停靠葡萄牙里斯本。收起消极情绪，继续一个人的旅程。

盛夏的葡萄牙，阳光毫无保留地照射在伊比利亚半岛的西侧，白色的房屋反射着耀眼的光芒，整个里斯本都显得光亮异常。

这是座有着近千年历史的老城，可惜那些古老的建筑在1755年的大地震加海啸中被毁灭了三分之二，所以城中基本都是新的建筑。由于重建的关系，整个城市建筑规划整齐，房屋防震等级也较高。

游览里斯本可以乘坐城市旅游红线和蓝线大巴，红线主要走热罗尼莫斯修道院、贝伦塔、航海纪念碑和广场一线，蓝线则停靠里斯本世博会场馆和动物园等。

热罗尼莫斯修道院是一个长方形的建筑，加上另一头的主教堂，可能是我见过的最长的教堂建筑了。建筑融合了哥特式和文艺复兴时期建筑的特点，是曼努埃尔式建筑的巅峰之作，规模极其宏大，而且细节惟妙惟肖。每一个窗棂都雕刻着唯美的雕塑，众多的装饰繁而不乱，细节刻画极为生动传神，凸显出当时的艺术品位。

就是进门排队的人实在是太多了，下午两点的阳光对我来说实在是巨大的考验，只好放弃，等下次单独来葡萄牙再仔细欣赏吧。所以我只是沿着修道院转了一圈，却发现另有玄机，原来进修道院是要排队买票的，而教堂则是免费开放的，也几乎不用排队就可以进入的，天助我也。

一进教堂，暑热全无，极高大的穹顶挑开明亮的大堂，连顶梁上都是精美的雕刻，彩窗尤为美丽。祭坛是黄金打造的，里面还有很多著名的葡萄牙人物的棺木，著名的达·伽马就埋葬在这里。

热罗尼莫斯修道院前是一个巨大的广场，广场的另一侧就是贝伦塔和航海纪念碑。被午后骄阳晒晕的我决定不再步行那么远，坐在敞篷大巴上走马观花式欣赏就够了。

所以后面的罗西奥广场、光复广场、世博园、动物园都是一瞥而过的。

直到太阳西斜，黄昏在即的时候，里斯本的空气不再灼热，我下了车，从光复广场沿街走回海边的商业广场。两边的人行道旁，餐馆的老板们已经开始摆出餐桌，清凉的里斯本的夏夜就要开始了。

圣胡斯塔升降机是在楼群之中，我看着地图走下一个满是人的台阶，回头一看，才看到这个升降机。这是个一百多岁的升降机，1902年建的，满满的都是排队的人，拍照留念之后转身就走。

最后，穿过奥古斯塔凯旋门，就来到商业广场，很多有轨电车的总站似乎在这里。广场中心是葡萄牙国王约瑟一世骑在马上，眼望大海的雕像，他是地震后重建里斯本的国王。当然有说法是庞巴尔侯爵才是里斯本真正的规划重建者，城里也建有纪念他的广场和雕像。

里斯本绝对是个应该住上几天的城市，我应该还会来。

108天环球航行第49天

2018年7月23日,星期一,阴,大雾

在海上

> 记录时间:23:30
> 记录位置:坎塔布连海,大西洋
> 记录坐标:45°53′57″N;7°46′24″W
> 当前航向:东北

全天向北在大西洋航行,随着纬度的升高,气候类型也从地中海气候转向了"夏无暑,冬不寒"的温带海洋性气候,天气立刻就变得阴沉沉的,估计是为抵达阴霾的伦敦做准备了。

今天在船上做了英国的入境,英国签证官是在里斯本上船的,在船上做完签证入境审验后在伦敦的外港南安普顿下船,而船上的乘客则免了排队入境之苦,可以直接下船。

今天中午还进行了乘客合唱表演,这些乘客练了一个航程的结果还是不错的。

今天还是本段航程的最后一个正装夜,又吃到了龙虾。看来只有每个航程最后一餐才提供龙虾。所以,此次环球旅行只能吃到四次龙虾大餐,好在每次我都是要的双份。

饭后又来到了娱乐场,晴晴正好当班,见到我,她平静了许多。

"对不起。"我说道。

"说什么对不起啊,要感谢这些天你的陪伴,让我很快乐,不至于被这无聊的航行折磨死。"晴晴回答道。

沉默了一下,她又说道:"我从伦敦就回国了,你还要坚持下半程,要照顾好自己啊。"

"很高兴有你同行。"我也只好比较官方地回答。

"来一个离别的拥抱吧。"晴晴突然提到。

一个法兰西式的拥抱，两个人紧紧地贴在一起，只那一瞬，没有思想，只有温馨的感受。

"哇，要鼓掌不？"好几天没见到的洁西不知什么时候突然蹦了出来，这下弄得我们有些尴尬了。"只是告别的拥抱。"我给洁西解释道，"晴晴伦敦就要下船了。"

"这我早知道了。"洁西说道，"告别完了吗？我找晴晴还有事。"就风风火火地拉晴晴到一边说悄悄话去了。

也好，就这样吧。

今晚举行了老船长退休仪式。他从年轻的水手到舰队的长官，40年的航海经历在伦敦、在海公主号上画上了句号。这也是一个传奇了。

但是这位意大利船长的风格可不是《外婆的澎湖湾》里唱出的没落之感的老船长，退休对他来说真是件美事。其实前半程船他已经把年轻的妻子带在身边了，每到靠岸我第一批下船时经常看到他已经租好车，带着妻子一溜烟地玩去了。

不过船公司为了祝贺这一仪式，有免费香槟和鸡尾酒，并且质量不错哦。

之后欣赏了一位爱尔兰笛子演奏家的节目，接着 Vista 演出了大卫·科波菲尔的魔术，也不知道真的是他吗，很老了。

最后是气球落下派对，似乎所有船都有这样的节目，仿佛都是作为结束航程的保留曲目。

我没再见到晴晴，不知和洁西跑去哪里了。

108 天环球航行第 50 天

2018 年 7 月 24 日, 星期二, 多云

在海上

记录时间：21:15

记录位置：英吉利海峡

记录坐标：49°55′00″N; 2°22′57″W

当前航向：东北

今天船上充满了告别的气氛。

和秉信兄最后一次一起吸烟，秉信兄还把他用手机偷拍到的我的照片用蓝牙传给了我，有我在船甲板躺椅上睡着了，有我在晚会上喝香槟的，竟然还有我在等公交的画面，他说是在双层旅游车上看到我在等公交拍下来的。

晚上布莱克夫妇也在餐桌上和大家道别，晚餐后甜品时间表演了餐巾舞，这也算是最好的告别仪式了。

很多房间门口摆放了行李，看起来有小半船的人员变化。

今天晚上的表演是由船上的员工为乘客表演，第一个是大合唱。员工穿着各自的工服，你可以看到厨师、客房、前台、机械、船员等各种服饰，一条邮轮的运行需要这么多人的支持啊。我找了找，没看到晴晴，估计她没有参加这个节目。

之后是街舞和魔术等，多才多艺的员工。

最后突然看到晴晴和洁西她们三个以及其他几个美女船员出现在舞台上，原来她们偷偷排练了一个节目。8 位美女分别代表 8 个国家，晴晴当然是代表中国，洁西代表澳大利亚，艾米丽代表爱尔兰，山口洋子则代表日本，另有意大利，加拿大，菲律宾和英国的代表。每当介绍一个国家，主持人就会问下面

的观众有没有这一国的国人，当然澳大利亚的声音最多，加拿大人也颇能起哄，可惜中国人很少，显得势单力薄，当然晴晴看到了我，一副也只能是你了的表情，也有跟着起哄哪国都喊的主儿。

音乐一放，全场人气爆棚，跟着《江南style》的节奏，整个演出大厅的人都跳动了起来，远处杰森和彼得哥俩儿都快站到椅子背上了，那些坐着轮椅的老者们，也挥舞着手，扭动着身体，去触摸那逝去的青春。

108 天环球航行第 51 天

2018 年 7 月 25 日，星期三，晴

7:00—23:00 停泊英国南安普顿

> 记录时间：21:50
> 记录位置：南安普顿港
> 记录坐标：50°53′29″N；1°24′00″W
> 当前航向：停泊

今日停泊伦敦的外港南安普顿。外港指的是没有港口或良港的大都市附近比较好的港口，离大都市很近。南安普顿坐车到伦敦不到一小时，一般都把南安普顿叫作伦敦的外港，所以停在南安普顿就算是停在伦敦了。有这种关系的还有意大利的奇维塔韦基亚和罗马，秘鲁的卡亚俄和利马，智利的瓦尔帕莱索和圣地亚哥，等等。我国的塘沽和天津、北京也可以算作这种关系。

昨晚和晴晴最后说了再见，因为她们走员工通道，所以看不到她们下船。

伦敦我在一年前刚刚去过，就不想再搭火车去了，而是准备认真看一看南安普顿。洁西也去过伦敦了，所以和我一起徒步南安普顿，顺便把世界杯赌局的账了结一下。

上次来南安普顿是从这里登上玛丽王后二号跨越大西洋去纽约，一早从伦敦过来，几乎直接上船，所以只是路过，这次就要好好转一转了。

南安普顿原来也是个海边的军事城堡。老城区残留了一些老城墙、城门、教堂等遗址；新城区则是店铺林立，没有高楼。总之，这里是个旅游城市的样子。

南安普顿博物馆主要展出泰坦尼克号展品、本地古人类遗址，以及海港进化的历史。

泰坦尼克就不用我仔细介绍了，自从我开始写邮轮的书，周围所有人一提到邮轮必言泰坦尼克，可以看出很多人对大海的恐惧是根深蒂固的。其实，蓝色的海洋是未来财富的源泉和发展的保障，尤其是中国这种农耕民族，应该更多地拥抱大海。

1912年4月泰坦尼克号从南安普顿港起航，在大西洋遭遇冰山后，幸存者被送到加拿大的哈利法克斯，所以在南安普顿和哈利法克斯都有泰坦尼克展。比较起来，此地的相关实物比哈利法克斯的展览少得多，主要是当时的文献资料和介绍，也不让拍照。

最感人的展览是通过三块液晶屏播放幸存者的声音和字幕，背景则是在海中隐约看到沉船时散落的物品，配以海浪的声效，很有感觉。

洁西对展览兴趣很浓，看得也很认真，我一问，才知道她们家族中有先人亲临了这场灾难。我就很好奇地问："既然灾难如此可怕，为什么你还会坐邮轮出行呢？"洁西则用莫名其妙的眼神看着我，说道："难道因为车祸人们就不再开车，因为空难人们就不再飞行？灾难很可怕，但我们不应因此而后退，应该去解决它，征服它，人类在自然面前是渺小的，但我们有勇气。"

小城不大，半天就逛完了，我们找到城里的中餐厅"大上海"，在那里吃了午饭。这个餐厅在一个旧时欧式的房子里，还真有些上海外滩房子的味道，内部装潢也蛮好，就是价格贵了一点，味道却很正宗。洁西吃完也是赞不绝口，其实只是些烧麦，面线等小吃。

特别提醒，英镑换新钞了，一年前的老的英镑不能用了，可以去银行兑换新钞。我问了银行工作人员，据说年初刚开始的。

108 天环球航行第 52 天

2018 年 7 月 26 日，星期四，晴间多云

在海上

记录时间：21:40

记录位置：凯尔特海，大西洋

记录坐标：50°40′07″N；6°27′26″W

当前航向：西北

  今天全天航海，开始的时候风平浪静，转过大不列颠岛后，接近傍晚时风浪开始大了起来。北大西洋暖流与船行方向近似垂直，船受其影响左右摇晃起来。

  接近下午时分，有一架直升机突然飞到船边，还绕着船转了两圈，并左右摆动机翼打招呼，似乎是英国的军用飞机，可惜我看不懂上面的标志。因为我们一直沿着英国海岸行驶，所以肯定是英国的飞机。不知道是来检查还是做什么，似乎没在船上降落。

  第三航程，我已是白金会员旅客，可以享受船上免费 WiFi 流量 300 分钟。一开始不太会用船上的 App，开了没有关，直到走下楼到前台询问后才知道怎么关闭，白白浪费了 40 分钟。

  今晚的正装夜算是第三段航程的船长见面酒会。新船长进行了讲话，他也不年轻了，年纪大点的船长似乎是船客们的心理安慰。今天依旧有香槟塔，免费香槟我喝了 3 杯。洁西她们也分头行动了，杰森和艾米丽已离开大家过二人世界去了，彼得不见了踪影，洁西和洋子只能无聊地坐在那里听音乐，看到我过去，才明显开心起来。酒过三巡我去看演出，是小提琴独奏。因为酒劲和疲惫，我直接睡着了，船在晃，十分舒服，直到被洁西狠狠地摇醒。"你打呼噜了，李！"

📅 108天环球航行第53天

2018年7月27日，星期五，阴有小雨

9:00—23:00 停泊爱尔兰科夫

记录时间：20:40

记录位置：科夫港

记录坐标：51°50′53″N；8°17′57″W

当前航向：停泊

今天来到了爱尔兰，一个神奇的国家，也是艾米丽的祖国。

这个港口叫科夫（Cobh），旁边的大城市叫科克（Cork）市。其实，艾米丽这个"地主"也是第一次来科克市。科克市是爱尔兰第二大城市，在爱尔兰岛的南部，和岛东部的都柏林相距甚远。但艾米丽还是要尽地主之谊请大家吃午饭，所以约了三个女孩中午在圣芬巴尔教堂集合，而我自然是最先下船的，徒步观景去。

海公主号停稳后，可以看到贴着海港的一侧就是火车站，下船只要走不到百米，就可以到站台。去科克市需要坐火车，半小时一趟，10欧元，单向40分钟左右。

爱尔兰给我的第一印象就是绿，到处生长着植物，墙上、独栋的小房屋上到处是绿植。整个城市的空气无比清新。城市依利河河口而建，老城区位于两条河流汇聚的三角洲上。历史悠久的建筑随处可见，在阳光的照射下将自己斑驳的影子倒映在利河水中。古老的石桥、古老的钟楼、悠悠的河水组成了一幅厚重的历史画卷。

城里的人出门较晚，到了十点钟商铺才慢慢支起了棚子，都是一家家小店，有着英伦风格的色彩明亮的招牌。老城街上的车不算多，石板路上也有着雨后积存的水渍，人们蹦跳着穿行其间。

乘坐环市旅游巴士，可以看到钟楼、大学等。山顶上的监狱是一个奇异的旅游景点，这是一个庞大的堡垒式建筑，平面呈双十字形，地上三层地下一层。这个监狱服务于1824年到1923年。监狱内部还制作了蜡像用以反映当时的监狱状况，牢房里、典狱长办公室、刑讯室都有1∶1的蜡像，有看守、囚犯等，还有服务囚犯的医生和牧师等。参观的人不多，一个人走在监狱阴森的走廊里还是挺瘆人的。这里配有中文的地图和讲解书。

最后巴士回到图书馆前的广场，正好可以看到圣芬巴尔座堂（Saint Fin Barre's Cathedral），这是一个哥特式大教堂。但是需要走过小桥，穿行几百米。据说这座教堂与共济会有着千丝万缕的联系。依然有中文讲解书，看来这地方中国人来的不少啊。

洁西她们已经等在那里了，倒是没有着急，因为正赶上教堂的唱诗班在排练，美丽而神圣的声音在这巨大的空间里回响。当你来到欧洲的教堂中，如果正赶上唱诗班的演唱，你才能真正体会这一宗教建筑对他的信徒带来的震撼。

简单参观了花窗、祭坛和美丽的天顶画后，被洁西她们拉着去吃午饭。爱尔兰炖肉是爱尔兰的国菜，怎么形容呢，就是我们吃的土豆胡萝卜炖羊肉，原料也就这些，只是多了一点西餐用的香味佐料，炖得倒是倍儿烂，蛮好吃的，但分量一般。艾米丽请客我也不好意思要双份啊。

回到船上，邮轮方邀请了当地的乐团和踢踏舞者表演，一首首好听的爱尔兰民歌和三个踢踏舞者轻盈的身姿，让我们看到了欢乐自由的爱尔兰。似乎木吉他与爱尔兰歌曲是绝配，另有一种爱尔兰风笛使每首爱尔兰歌曲都可以舞蹈起来。

这样一个民族才能用乐观的态度、不懈的坚持来度过饥荒、度过劫难，坚持自己的信仰，坚持民族的独立。

108天环球航行第54天

2018年7月28日，星期六，多云

在海上

记录时间：21:20

记录坐标：56°05′17″N；14°48′02″W

记录位置：大西洋

航向：西北

今天时钟回调1小时，正是国际标准时间。

为什么呢，因为英国实行了夏令时，比正常时间早了一小时，所以今天的时间才是格林尼治时间（国际标准时间）。

今天天空云层密布，强烈的西风带来了巨大的风寒效应，就算之后天空放晴，仍然感觉十分冷。甲板上的人们已经开始穿上羽绒服了，仿佛一下子来到了冬天。

今天去吃了8层的免费比萨，是那种厚的，我一个人吃了一份。

凭着白金会员的身份，参加了今日的晚餐前俱乐部冷餐会，有鲜虾、水果等制作的精致前菜，让你在晚餐前可以独享特色小吃，但我觉得没有什么好吃的，而且走环球航线多是邮轮老船客，白金以上会员极多，所以人流太大，也没有免费酒水，不好玩。

晚餐倒是给了我惊喜，不是菜品，而是同桌的变化，因为布莱克夫妇在伦敦下船了，空出两个位子，前两日有对夫妇来到我们桌，但是第二日就不同桌了。船上会安排大家尝试与不同的人同桌就餐，你要是觉得聊得来，就可以留下来同桌吃饭，聊不来的话就另换一桌，餐桌社交也是外国人的爱好之一。或许他们觉得我们都是单身船客，没有共同话题吧。

今天又来了对夫妇，竟然是华人，肯特上校说我终于找到可以说话的同乡了，我也很高兴。当然，这对华人夫妇看到我也是十分惊讶的，尤其在听说我是一个人坐满全程之后，更是异常惊诧。

何氏夫妇，丈夫原来是香港人，妻子是深圳人，已经移民英国十几年，在伦敦的唐人街开了家餐馆。何大哥似乎早前是香港名厨，他身材微胖，有结实的手臂和厚厚的手掌，正是南粤料理师傅的派头，何嫂则是一个皮肤稍黑、瘦瘦的、很是利落，将"精明"写满全身的女人。何大哥似乎不怎么爱说话，但是英文很好，桌上简单社交无误，何嫂英文水平和我一样，倒是普通话说得极清楚，让我怀疑她或许不是土生的深圳人。

这是他们两人赴英后的首次长途旅行，十几年来第一次抛下餐馆，歇业近一个月进行的穿越大西洋的长途旅行。他们买的是从南安普顿到纽约的票，到纽约之后就飞回伦敦。铺子要紧，不能长歇。从何嫂的话语中，也可以看出开店的艰辛，当然更多的是他们抑制不住的骄傲。

他们决定以后都同我同桌就餐。以后的晚餐终于有伴了，虽然只是四分之一的路程。

晚上的节目是苏格兰歌手演唱歌曲。

108天环球航行第55天

2018年7月29日,星期日,大雾

在海上

记录时间:21:20

记录位置:大西洋

记录坐标:62°13′38″N;21°57′36″W

当前航向:西北

  沿着欧洲大陆的西侧一路向北,今日大西洋上雾大浪高,颠簸极其明显。温暖的北大西洋暖流虽然给这一区域带来高于同纬度其他地区的温度,但比较起正处于夏季的地中海,天气已经变得极冷了。甲板上的人们已经带起皮帽子,穿上羽绒服了。

  明天到达的雷克雅未克将是此次航程的最北端,接近北极圈了。夏季的北半球极昼现象已经可以明显地感受到了。写日记的时间是晚上九点半,可是这时候走到甲板上,你会发现天还没有完全黑下来。而且今天不知不觉进入西半球了。(知识点:东西半球的划分是以西经20度和东经160度经线圈划分的。)

  地理知识普及完成,说说今天的船上生活。

  由于前一段时间天天下船进城,所以绕船走路运动有所停滞,这些天在逐渐恢复。我约了洁西同去,她竟然还穿着短装,说是运动要出汗,不惧寒冷,结果甲板舱门一开,跨出门外仅两步,立刻就大叫着冲回走廊,老老实实回屋换长袖长裤去了。海上的寒冷和陆地上不一样,由于有雾,空气中的水滴似乎变成了冰渣子,加上海面上的潮冷,绝对让你对"沁人心脾"有深刻的理解。

  常规的一日三餐没有什么变化,晚餐也没和何氏夫妇聊太多,毕竟一桌的人，总是我们几个用他们都不懂的中文聊天也不礼貌，倒是大家继续用英语聊些有的没的。何嫂的单词量不错，有时我表达时有不知道的单词可以问下她。

晚上又在自助餐厅遇到了何氏夫妇，何嫂看到我还蛮不好意思的，原来是晚餐没吃饱，我赶紧说没什么的，我也一样。坐下来聊聊，他们两个实在是不大喜欢西餐，而自助餐厅好在有米饭和"高仿中餐"可以吃。

"你们在英国待了十几年了还不习惯西餐？"我很是诧异。

"你想，我们是开餐馆的，主要的饭都在店里吃了。"何嫂说道，"饭馆基本上是天天开业，买东西去中国城（China Town），那里有中国超市，平时出门基本上都走不出中国城。"

"你说，哪有吃西餐，说英语的时候，只是来了本地客用两句英语罢了，城里的中国人来店也是说中文的。"何嫂最后说。

怪不得。

这不禁让我想起个笑话，把孩子送出国学习，一年后回来，英文一般，却满口粤语。在海外的中国人真的是自组了一个小世界啊。

今晚的表演竟然是杂技，怎么找了这么个浪大的日子演杂技，看着都让人揪心。

108 天环球航行第 56 天

2018 年 7 月 30 日,星期一,多云,大风

9:00—23:00 停泊冰岛雷克雅未克

记录时间:21:20

记录位置:雷克雅未克港

记录坐标:64°09′23″N;21°51′49″W

当前航向:停泊

今日参观雷克雅未克市区,乘坐双层大巴,没有中文解说。票价好贵,4000 冰岛克朗,约 250 元人民币。也是那种路过各个景点,随时上下车的旅游大巴。

同行的还有洁西、洋子和艾米丽。最近艾米丽和杰森这对热恋期恋人似乎也像目前气温一样出现了温度变化,所以此次雷克雅未克一行,"美少女三人组"再次集结,并找上我这个既可拎包又可照相的安全老男人同行这座清洁之城。

雷克雅未克可以算是环保人士的"圣地",地热资源的大规模应用,无工业、无烟尘、无污染,加上地理位置临近北极圈,所以空气都是纯净的、清爽的,稍有冰冷的感觉。

第一站,冰岛国家博物馆。这里展示了冰岛的历史,从早期人类生活遗迹到作为德国人和丹麦人的捕鱼地的时代,再到早期皇族统治时期直至马丁路德改革等不同的历史时段。

三个女生自然对华丽的皇族服饰赞叹有加,这里可以算是欧洲童话中的冰雪王国了吧。冰雪女王虽然一般都是冷酷的代表,但是现代女生不是都喜欢"酷"么。

第二站就是雷克雅未克最著名的哈尔格林姆斯教堂了,这是一座现代建筑

风格的巨大教堂。建筑很有特色，像一个巨大的管风琴，矗立在整个城市中间；又像一个等待发射的航空飞机，直直的立在那里。教堂内的装饰也是现代简约风格。乘坐电梯登顶，四面均有窗户，可以俯瞰整个雷克雅未克市。

最后一站就是珍珠楼了，这里实际上是雷克雅未克市的供水中心，最初只是六个建在山顶的大水桶，将地热水抽出储存，再利用地形将水送入城中，后来，设计师将六个大水桶巧妙地连接成一个建筑，就是现在的珍珠楼了。由于技术发展，这里逐渐变成了地热博物馆和餐厅。

这里最有意思的是一个冰洞探险的游览项目，大家要穿上厚厚的羽绒服，钻入在万年冰川中掏出的冰洞。在灯光的照映下，冰洞呈现出幽幽的蓝色，有些冰洞很小，需要弯腰九十度或者蹲着才能穿过，身材娇小的洋子穿过去倒是很容易，我和洁西这种大个子就很难了，几乎要爬着才能钻过去。冰洞弯弯曲曲，倒是个捉迷藏的好地方，只要能耐住这比冰箱冷冻室还低的温度。

这里还有些化石展览、冰岛海域鲸鱼情况的展览，还有用巨大的互动屏来讲解地壳变化，冰川形成，火山形成等地质变化的展室。你可以站在那里，用手势控制屏幕。

最精彩的是一个像圆桌一样的大转台，台子边有扶手，拉着扶手旋转起来，就可以看到桌面上屏幕的变化。屏幕边有一圈刻度，从1800到2200，代表年代，随着年代的变化，展示出冰岛上的陆地冰川不断变化的过程。随着全球变暖，可以明显地看到400年间，冰岛的大陆冰川不断融化，从1800年的冰川广布到2200年的了无踪影。看着她的变迁，才会明白只有一个地球的真正含义。

顶层的餐厅可以瞭望整个城市，据说菜品也是很美味的，但想想此地的物价，大家决定还是回船用餐。

今晚船上安排了冰岛当地艺人的演出，只是一些冰岛歌曲，不如在爱尔兰的歌舞带劲。

108天环球航行第57天

2018年7月31日,星期二,阴,大浪

在海上

记录时间:21:50

记录坐标:61°47′10″N;33°08′40″W

记录位置:大西洋

当前航向:西南

今日时钟回调1小时。

今天全天航行,又到了洗衣服的时间,现在我使用洗衣机和烘干机已经很熟练了,也成了一些从英国刚上船的老太太们的指导者。外国人也不是都会很熟练地使用自助洗衣机,而且也都没有耐心仔细浏览墙上的使用说明书,所以指导她们实践一下会更好,我也得到了全体外国老太太的感谢。当然帮助别人也有回报,一个澳洲的大姐衣服质地轻薄,无须烘干太长时间,就让我在她拿出衣物后迅速放入我需要烘干的衣物并重新关好烘干机的舱门,这样我就可以使用她剩余的时间烘干我的衣物。时间大致够用,还省下了一次费用,我深表感谢。其实也是大家都觉得洗衣费贵,能省则省。

晚上7点在船尾的俱乐部举行了船长酒会,这是白金级以上的乘客才能参加的哦,我约了三位美女一起盛装出席。有免费酒水的地方自然有洁西,艾米丽则是心事重重的样子。洋子和我说,爱情似乎对艾米丽的打击很大,大学几年还是头一次看到艾米丽这么沉闷,或许是学艺术的人敏感度很高吧。酒会也不像电影里演的拎着酒杯满屋转,大家依旧坐好听听音乐,只是可以随时叫侍者上酒。之后还有船长的致辞什么的,这种酒会一个目的是招待老客人,另一个目的就是推荐你买下个航程的船票,需要预交一笔定金,两年内再次乘坐公主邮轮的船可以便宜 300 ~ 500 美元，所以酒会的组织人员多是预订部的。酒会上还会给目前在船上，乘坐公主邮轮次数最多的老乘客颁奖，第一名是对老夫妇，已乘坐过 1200 多天的公主邮轮，天啊，也就是说按环球航线计算的话他们已经绕着地球转了 12 圈了。

当然他们不是都坐的环球航线，还有很多环澳洲、欧洲和北美的一些航线，但是真的很多老人晚年是在邮轮上度过的，就在船上养老，将船作为移动的养老院。各家邮轮公司真的都有自己的"死忠粉"。

晚会还有抽奖环节，奖品是一瓶红酒。我对红酒不太了解，我对红酒的认识都是电视上 198 元一箱那种，但是极其巧的是，艾米丽成了今晚的唯一中奖者，所谓情场失意，赌场得意吧。没敢把这句话翻译给艾米丽听，咱就不"戳刀"了。倒是艾米丽一改沉闷的面孔，无比欢乐地上台领奖，下来后就和洁西策划今晚如何快乐地消灭掉这瓶酒。

可惜甲板上太冷了，只能在屋子里狂欢了。我们冲到了自助餐厅，占了个圆桌，拿了些水果和干果来下酒。我又找到维嘉，问有什么下酒菜，他就去厨房为我们端来了一大盘西班牙火腿。

要来了红酒杯，我们四个人就开始大吃大喝起来，用西班牙火腿卷着蜜瓜吃真的是别有风味，也是伴随红酒最好的菜肴了。不是所有外国人喝红酒都是小口抿的，那是在礼仪场合或者是面对情人谈恋爱时，朋友之间喝红酒也可以像啤酒一样大口灌。

女孩子们的酒量并不大，只是喜欢热闹而已，但是一瓶红酒也真的不值一喝，很快，每个人的酒杯就见底了。菜肉都吃完了，女孩们说要将剩下的这一点红酒拿回房间喝，结果一走出自助餐厅，凉风一吹，洁西和洋子突然就要去洗手间，我和艾米丽只好一人拿着两个杯子站在甲板的避风处等着她们。

"李，你在恋爱时受过伤吗？"艾米丽突然问我。

"应该没有，我的妻子就是我的初恋。"我回答道。

"哦！真幸福啊。"艾米丽感叹道。

"怎么了，和杰森说再见了？你们这么短的时间就爱到受伤了？"我问道。

"算是吧，只是很可笑。"艾米丽说，"他不知道自己是更爱我还是彼得。"

"彼得？！那么他……"我惊诧道。

"是的，他们在纽约下船，在这之前我们都要想明白。"艾米丽说道。

我一时无语，艾米丽倒是一副很坦然的样子，正在尴尬时，洁西她们回来了，艾米丽给我了一个先不要说出去的眼神，就和洁西她们向电梯走去，我只好一脸懵的和她们一起走进了电梯。

108 天环球航行第 58 天

2018年8月1日，星期三，阴，大雾，大浪

在海上

记录时间：21:30

记录位置：大西洋

记录坐标：59°38′32″N；43°04′07″W

当前航向：西南

时钟再次回调 1 小时，一路向西。

昨晚我的睡眠质量不佳，主要原因就是昨天晚上船上的汽笛响了一宿，而且一分钟一次。因为大雾，能见度几乎为零。汽笛声作为往来船只的信号，以求不会发生船只碰撞的事故。看来虽然科技飞速发展，雷达卫星也解决不了雾气带来的问题，这样天气下通讯也基本靠吼了。

震彻心扉的汽笛声是房间的隔音墙远远抗拒不了的，而且汽笛不是"滴滴滴"的短鸣，而是"嘟——"的近 5 秒钟的长鸣，一鸣之下，全船可闻。尤其恐怖的是在甲板上，一听到鸣响，众人皆动作停滞，等待鸣声结束。抽烟的人都停止了吞云吐雾，只觉得手中的烟都被震得颤动起来，吸一支烟起码要经历三次这样的过程，所以登船后这五十多天第一次见吸烟区人少了。

今天白天雾气稍散，汽笛没有那么频繁了，傍晚时分能见度好了两个小时，很多人看到了漂浮在海面上的冰山，可惜我因为看弗拉明戈舞表演，错过了。晚上歌舞表演不错，从伦敦开始船上换了新舞团，我个人觉得比前半程的歌舞团编排的歌舞好。

地处高纬度地区，天黑得很晚，但是到了晚上九点，海面上又开始大雾弥漫，比昨日更甚，汽笛又不断地响了起来。

天气寒冷，明天真的需要穿羽绒服了。

108天环球航行第59天

2018年8月2日，星期四，晴

7:00—18:00 停泊格陵兰岛卡科尔托克

记录时间：22:40

记录位置：拉布拉多海，大西洋

记录坐标：60°10′43″N；46°54′57″W

当前航向：西南

今日登陆格陵兰岛，这片神秘的冰封之地。

按照行程表，应该是登陆纳鲁斯塔克和卡科尔托克这两个位于格陵兰岛南端的小城，但是似乎是风浪的原因，调整了一下行程。今天先登陆卡科尔托克城，登陆时间也比原计划晚了1小时。

不过今日天气晴好，空气清新，较冷。因为阳光普照，所以体感温度适宜，我就没有穿羽绒服。

等待上岸的时候大家都在甲板上拍摄海上漂浮着的冰山。冰山在深蓝色海水的映衬下是那样的洁白耀眼。船离冰山很近，能看到冰山断口处如大理石般的花纹。它们就静静地漂在海上，仿佛一动不动，些许微浪并不能让它们失去沉稳的姿态，反而使整个海面都显得安静祥和起来。

卡科尔托克小城依山而建，说是小城，其实和大陆上的镇子相仿，全城人口也就几千人。我们一船人到访，竟然和当地居民人数相当了。所以小镇一下显得人满为患了，买个纪念品还得排长队。

一个个多彩的小木屋和路边的各色野花，是卡科尔托克的颜色，在阳光下更显得分外耀眼了。木屋多是两三层，涂着各种明亮的颜色，而且用钢架架起，远离地面，有些像我们南方的高脚屋，大斜顶，小窗户，不过基础设施完备,水电气暖样样具备,早已不是大家想象中因纽特人住冰屋吃海豹的样子了。

"为什么房子要盖成这样呢?"洁西问我。

"首先彩色是因为好找吧,白房子下大雪后根本就看不见了,这就和在野外露营帐篷都是明亮颜色一样,出什么问题了救援好看到你。其次大斜顶小窗户正是寒冷地区的标配,中国东北地区的房子也这样,斜屋顶不会存雪以致房顶被压塌,小窗户跑出的热量少。最后屋底的钢架估计是让夏天冰川融化的水可以从下面流过而不会冲击到房子吧。"

"有道理。"洁西又是点着头肯定我的猜测,一副你怎么什么都知道的表情。

为防牛皮吹破,我果断地将她的注意力转移到更缤纷的花草世界中。

山前的平坦地带,到处是花草的海洋,黄色的野花开遍了每个地方,大有青海的油菜花田的色彩,当然没有那么密集,但也在多彩的建筑前显得格外艳丽。其间也掺杂着蒲公英和一些紫色的花,洁西倒是知道它们的名字,可惜我们不知道中文怎么说。

一条小溪穿过城市流入大海,正是夏季山上冰川融化的水。溪水极其清澈,触手极冰冷,冰个啤酒啊,镇个西瓜啊极好。

"Green Land",绿色的陆地,当初人们这么称呼她或许是受到这片绿色草地的蒙骗,而没有想到翻过山就是万年不化的大陆冰川。(当然,现在全球变暖,格陵兰岛冰川已严重缩水了。)

小城不大,多半天即可走遍全城,所以大家基本返船吃中午饭了。

这里的货币基本等同人民币值,东西较贵,主要是因为除了鱼类其他东西需要大量进口。

📅 108天环球航行第60天
2018年8月3日,星期五,晴
7:00—18:00 停泊格陵兰岛纳鲁斯塔克

> 记录时间:22:50
>
> 记录位置:拉布拉多海,大西洋
>
> 记录坐标:59°26′32″N;46°32′34″W
>
> 当前航向:西南

今天天气很冷,早上阴天,我穿上了羽绒服。海面上依然漂浮着冰山,我们的船绕过冰山进入海湾,乘客依靠救生艇登岸。

登陆格陵兰岛纳鲁斯塔克,这更不像一个城市,纯粹就是个小镇子或者小渔村。

"小渔村"都是小平房,也是多彩的。村前的海水被四周的高山围成一个小湖泊的样子,和远处山顶上的冰川相应,不似海边,反而是一片湖光山色。

向城里面走,慢慢的人稀少起来,周边只有海水拍岸的沙沙声,房子明显比卡科尔托克的更加破旧和混乱了一些,更像是渔民的家。城市中靠海边的一大块地方是当地的墓园,墓碑很少,只有白色十字架一排排整齐地排列到海边,十字架上绑着花环。美丽的高山海湾就在墓园的后方,十分安静而凄美,真的是生于斯地而归于斯地啊。

在这里也见到了更多的本地居民,这里的人应该都是因纽特人,都是黄种人,似乎有些像蒙古血统。在街上闲逛的时候天晴了,正好看到一些保育员正在领着幼儿园的孩子们晒太阳,也是前后各一个保育员,中间一排孩子牵着绳子。每个孩子都是黑发黑眼睛,圆圆的鼻头和被阳光和寒风共同拂过的红彤彤的脸颊。如果仅仅看到照片,你就会觉得真的和国内的孩子一模一样。

小镇上依然到处是草甸和野花，映衬着多彩的房子。这里有一片房子是记录当年因纽特人在此生活和渔猎的博物馆，介绍当时的生产工具、生活用品、酿酒作坊、食油作坊等，展示了当年的开拓者的奋斗过程。

　　格陵兰岛是此次环球航线的亮点之一，这里不似巴黎、纽约。或许今生我再来格陵兰的机会并不多。这是一片美丽的净土，但生活太过简朴，走过格陵兰岛是对心灵的洗涤，但是绝不会向往常驻于此的。

　　晚上吃饭，大家均是此观点，人们想逃离现实，但终要追求物质享受。

📅 108 天环球航行第 61 天

2018 年 8 月 4 日，星期六，阴

在海上

> 记录时间：21:20
> 记录位置：拉布拉多海，大西洋
> 记录坐标：54°53′26″N；52°42′13″W
> 当前航向：西南

向后调表半小时，烦死这种半时区了。主要是因为海上没信号，手机的时钟来回乱跑，计算起半时区很麻烦。

今日全天航海，驶向加拿大。船上的事情乏善可陈，我也继续开始我的简单锻炼，甲板上还是较冷，所以我们都去了健身房。洋子一直坚持健身，艾米丽的心情似乎在游览了格陵兰秀丽的景色之后，大大的好了起来，竟然也来参加锻炼了。这样的状况使洁西也不得不来参加这个"集体活动"了，但是在我说先走一步后，立刻与我同行，逃了出来。

今天晚上是正装夜，现在的正装夜活动平平，似乎成了照相专场了，缺少一些相应有趣的派对和便宜甚至免费的酒水。以上意见都是洁西提出的。我倒是不介意穿正装，毕竟原来工作时穿正装的时候不多。何氏夫妇直接逃掉正装夜去吃自助餐了。正装晚餐在没有龙虾的时候吃的一般。洁西她们也是穿着简单的裙装参加正装夜，毕竟好的礼服不好洗也不好收拾。

今晚的节目是一个疯狂的摇滚钢琴家的独奏表演，穿着礼服的钢琴家开始弹奏的还是舒缓的曲子，最后几乎变成站在琴凳上砸钢琴了。男士们趁机拉开了领带和领结，松开了领口的扣子，一副要起来蹦迪的架势。

108天环球航行第62天

2018年8月5日，星期日，阴，大雾

在海上

记录时间：21:20

记录位置：圣劳伦斯湾

记录坐标：50°40′20″N;57°50′41″W

当前航向：西南

今日全天航海，雾气又开始重了。一声接一声的汽笛又响了起来。

船开得很慢很慢。

明天就到加拿大了。

这怕是出发以来最无聊的一天了。

📅 108天环球航行第63天

2018年8月6日,星期一,阴,阵雨

8:00—18:00 停泊加拿大科纳布鲁克

记录时间:21:50

记录坐标:49°03′44″N;59°07′31″W

记录位置:圣劳伦斯湾

当前航向:西南

今日到达加拿大纽芬兰的科纳布鲁克。从船停靠的码头到市中心的大巴车用的是当地的校车,这应该是校车公司暑假期间接的私活吧。北美的校车似乎出现在所有的好莱坞青春片中,大鼻子车头和超长黄色车身让我很感兴趣。这还是我第一次走上电影中的北美校车,当然没有叼着烟的女驾驶员和不让座的同学,但是看到熟悉的简单的一排排座椅,有一种身处电影中的感觉。

洁西坐在位子上,向窗边挪了挪,对我说道:"You can sit here if you want.(你愿意的话可以坐在这里)"

我坐了下来,洁西又说道:"I'm Jenny.(我是珍妮)""I am not Gump.(我不是阿甘)"我回答道,之后我俩一阵狂笑,并击掌祝贺。因为以上都是电影《阿甘正传》的台词,我们的默契度满分。

其实校车对于洁西她们生活在澳大利亚的人来说并不稀奇,但是澳大利亚的校车似乎都是平头大巴,而不是这种大鼻子校车。洁西这个好莱坞影迷和我一样对此颇感兴趣。我们很兴奋地聊了一路,可惜路线很近,十几分钟就到市中心了。

科纳布鲁克又译作科纳溪,典型的北美小镇,房子依山而建,很松散,几条大街分布其中。科纳河从城中流过,水势很急,在中间有一个小水坝拦出了一片清澈美丽的小湖。整个湖区被围成了一大片湿地保护区，成群的野鸭、海鸟和天鹅游弋其中。湖水极为清澈，岸边的树影映在水面上，仿佛置身画中。坐在湖边的长椅上，只听到风吹湖面的沙沙声，此外别无杂音。我和洁西走到这里，便停住了脚步，肆意地欣赏起这自然的画卷。一只天鹅从水上游过，展示其优美的脖颈和洁白的身躯，身后一条水线划开了整个湖面，久久不能消散。

这时一群人从另一条山道走下来，或许是声音稍大了些，野鸭和天鹅们纷纷向水中心游去，一道道水线纵横交错，湖面仿佛被打碎的镜子。声音停止了，鸟儿们也停在了水中，一缕清风拂过水面，水线眼见着变淡，消失，湖面又恢复了平静。

"我觉得能在这里待一辈子，李。"洁西叹道。

"一辈子可是很长的。"我心里想，嘴上却说，"或许我们可以留下来不走了。"

"真的吗？"洁西用充满希冀和兴奋的眼神看了我一眼，突然又转为惋惜的神色说道，"谁又能真的抛开现实的牵绊啊。"

我们继续沿河而下，从边上的输水管可以看出这个小湖应该是城市的生活水源。

小河上有跌水，声势颇大，依旁边介绍牌的介绍，这里应该还可以看到洄游的鱼类，当然我们没有看到。整个公园里本地人也很多，如画的景致只是这个小城人们闲游遛狗的场所，好羡慕这里的人们，能够生活在这么美丽的环境中。

城中的博物馆主要介绍了库克船长，是他发现了纽芬兰。这里曾经是开发美洲的前沿，大航海时代为纽芬兰岛带来了新工业。

城中的购物场所相对比较集中，物价尚可，但税真心不低，怪不得很多人住在加拿大，却开车去美国买东西，就是因为在加拿大买东西税太高。

108天环球航行第64天

2018年8月7日，星期二，阴，阵雨

在海上

记录时间：21:20

记录位置：圣劳伦斯河口

记录坐标：48°58′28″N；67°57′00″W

当前航向：西南

今日时钟回调30分钟，总算回到全时区时了。

今日全天航行在圣劳伦斯湾，现在已经到达圣劳伦斯河口了。今晚海公主号会溯河而上，明天先进入支流萨格奈河，到达萨格奈市，后天再回到主河道深入到魁北克。

全天航行的日子基本上没有什么故事，大家都是在船上悠闲地晃着。在船上的时间有两个月了，船上的生活似乎已经成了日常生活。由于船客年龄的特点，坐在躺椅上读书晒太阳的人比活动的人多的多。洁西她们这些年轻人受漫长的船上生活的影响变得懒惰了很多，只有洋子还在坚持健身。

晚餐依然是一天最主要的交流时刻，同桌的珍和维多利亚她们已经开始互换一些带上船的书籍，以此解闷了。我拿过来一看，都是些恐怖小说，或者是类似于《哈利·波特》的玄幻文学。

何氏夫妇晚餐也来到了正餐厅。何嫂拿着她在船上针织班学习后织成的方巾还是围脖给我们看，是的，船上还安排了很多学习班，你可以在船上学织毛衣，做蛋糕，跳舞等，用来消磨时间。之后一众女将就坐到一起开始就针织讨论起来了，当然男士们都是一脸懵的状态了。

可惜授课者所讲的英文对我来说有点难，就没有参与到这些学习班中。

虽然这些都是免费的。

晚上的双人滑稽表演还算精彩。

出去玩的时间长了,也是会累的。睡觉去了。

108 天环球航行第 65 天

2018 年 8 月 8 日，星期三，晴

7:00—18:00 停泊加拿大萨格奈

记录时间：21:40

记录位置：萨格奈河

记录坐标：48°14′16″N；69°57′30″W

当前航向：东南

今日时钟再回调一小时，拜托，一次调一个半小时好不好？

本来准备早起看萨格奈河两岸的峡湾，结果没起来，晚上想拍又下雨，无缘啊。

萨格奈是个小城市，下船后有 2 条巴士线，博物馆线和城区线，25 元一天，随上随下。

我先去了防空博物馆，虽然这里译作防空博物馆，但实际上就是一个航空博物馆。馆内面积不大，如此命名估计与北美防空司令部有关。馆内留存有加拿大空军在不同时期的一些物件，有开始建立时的老式飞行电台，飞行服等，也有新式的空军装备。

室外是一个飞机展示区，有新旧飞机约十几架，其中最新的是一架 F18 大黄蜂。令人兴奋的是，可以坐进驾驶舱拍照，虽然这是个很破旧的驾驶舱，但是手握操纵杆，真是异常兴奋啊。

更令人惊奇的是，博物馆有免费大巴，可以参观隔壁的空军基地，当然不让照相，车由专门的军人驾驶。一路上参观了兵营，消防车，地面后勤类的仓库后，就开进了机场。十分幸运，我们的车一进机场，正好有两架 F16 在做战术起飞。飞机从 100 米外的跑道上轰鸣而起，声浪和气浪在车里都感觉到，

连解说员都说我们运气好。

停机库、弹药库都去过后，车才缓缓开回博物馆，这真是意外的收获啊。

峡湾博物馆主要展示了此地的鱼类、昆虫类的标本。最佳的展示场所是一个影音展馆，房间布置成飞船的样子，正面有6个屏幕被做成飞船舷窗的样子，椅子都是科幻风格的，每个人前面还有一个小的显示屏。

节目开始，飞船启动，飞往峡湾，小屏幕上显示飞船的状态，大显示屏上则是全景的河流峡湾视频，分外壮丽。

一会儿，飞船潜入水中，停在河底，小屏幕介绍水中的鱼类和生物。

接下来更神奇了，飞船穿越时空，来到9亿年前，小屏幕可以看到地球倒转，大陆漂移前的状态，舷窗上则展示当时的景色。这时小屏幕用动画来讲解冰川运动对岩石的刨蚀与峡湾形成的关系。

短短10分钟，一堂生动的地理课。

博物馆的精彩节目使得接下来在城里瞎溜达的行程变得不那么重要了。加拿大的历史也不长，所以没什么古迹，教堂远不及欧洲的富丽堂皇，只是有着欧洲人和亚洲人都羡慕的清新空气和绿色田园。

萨格奈城是标准的加拿大小城，人少，房屋少，教堂倒不少。指示牌多是法语，此地英语不通用哦。

因为洁西她们报了别的团，所以我又是一人独行小城，自由而简单。就是午后突然天晴无云，太阳晒得我满身大汗。五天前还在那寒冷的格陵兰岛，如今那凉爽一去不返了。

108 天环球航行第 66 天

2018 年 8 月 9 日，星期四，阵雨

7:00—23:00 停泊加拿大魁北克

记录时间：23:30

记录位置：圣劳伦斯河

记录坐标：46°49′04″N；71°11′48″W

当前航向：东

今日到达魁北克，加拿大最东边的大城市。这里的通用语言是法语，是法国殖民者最早进入北美的地区。

我继续保持着早上第一波下船的习惯。今天同行的还是洋子，那两个懒惰的家伙要睡到自然醒，所以我和洋子先在城里逛逛，十点多她们再来与我俩集合。

有着 400 年历史的老城，在第一缕阳光的照耀下慢慢苏醒了过来。即将工作的人们正在咖啡厅开启精神饱满的一天，街上奇异的雕塑和艺术品让老城散发出了新的光彩。一颗卫星砸到了一辆停放在车位上的尼桑车，前机器盖子被砸地翻了起来。这不是事故，这是艺术品，就摆在大街上的停车位里，至于意义，各自理解吧，这是学习艺术设计的洋子对我说的。

魁北克是北美洲唯一一座拥有城墙的城市。分为上城和下城两部分。城墙以外是下城区，以内是上城区，芳缇娜克城堡酒店位于最高处，也算是魁北克的标志建筑了。沿着还未开张的小香普兰街往上走，可以看到街道顶上挂满了的各色雨伞，与建筑的灰墙白窗相映成趣。街尽头有一种全玻璃轨道缆车，可以轻松到上城区，这个缆车不是悬空的，而是贴着山体沿四十五度角的斜坡滑行而上。

城堡酒店前是一片巨大的广场，也是原来城堡炮台的所在地。放眼望去，此地正是圣劳伦斯河口的咽喉之地，炮火可以覆盖整个河口，不愧是兵家必争之地啊。

芳缇娜克城堡酒店的红色外墙建于1893年，当年的公爵府邸变成了豪华酒店，600余间客房各具特色。罗斯福和丘吉尔曾在这个酒店讨论过诺曼底登陆的事情，可惜不是酒店住客不让参观。但站在城堡外就可感受到城堡的壮观与华丽。

穿过城堡酒店，就是老城的中心地带。看到有城市旅游巴士，40加元，一路走来有些疲惫的我们觉得坐巴士走马观花地看风景更好些，而且巴士有中文讲解，就更合我意了。结果巴士的第一站竟然是沿另一条路向下，直到码头，我们就下车呼叫了那两位自然醒了的懒小姐，一起巡游魁北克。其实魁北克真的是值得住上一周细细游览的大城市，可惜我们只有一天时间。

之后坐着巴士一路没下车，听着中文讲解逛了全城，包括战争公园、博物馆、教堂、现代建筑、酒吧街和一些街头艺术墙。

临近结束，突然落下大雨，敞篷的大巴无处躲雨，我们谁都没有带雨伞，所以只好狼狈下车，钻到一旁的城门洞避雨。随着雨势的变大，不断有人躲避其中。天气也是变化快，上午本来已经放晴，坐在敞篷大巴上都晒得厉害，所以很多人出门都没有带伞。

雨很大，但不到一小时就停了，可是我们已成落汤鸡，就没有兴致再去远处了，就在城门、城墙和魁北克议会大厦前逛了一圈。之后走步梯下到下城，看到与早上截然不同的景致，人山人海的小香普兰街。经过圣母教堂，来到魁北克文明博物馆。博物馆离码头已经很近了，这里的展览，主要包括印第安古人历史、因纽特人历史、殖民历史、工业革命时期、20世纪上半期的工业产品、现代加拿大制造业产品、现代科技、魁北克城市规划等。

参观完博物馆已经下午，一行四人跑回船将已经晒得半干的湿衣服换下。

是的，雨一停，太阳就出现了。

之后我们再次跑下船，去了当地的集贸市场。这里各种果蔬，应有尽有，还有许多大排档直接做些热食。正好此时大雨又开始了，为了躲雨，我们直接在此饱餐一顿。

然后回船准备吃晚饭。一般这样停靠日的生活就此结束，但是没想到精彩才刚开始。

饭后的剧院表演请了魁北克当地的艺术团，在小提琴和吉他伴奏下12名少男少女踩着步点翩翩起舞。舞蹈有些类似踢踏舞，但是加入了北美的生活元素，也就是我们在早期好莱坞西部歌舞片中常见的那种围成圈或者"8"字旋转式的舞蹈，很是精彩，展现出拓荒者的快乐和自由。这是第一个让我想看第二遍的节目，甚至和洁西都做好了再看一遍9点那场的准备。

但是一出剧院到了甲板上，就看到码头边的广场上正在举行一场大型的露天演出，像是杂技，从船上看不大清，就拉着洁西再次跑下船，从后面拦着的铁丝网缝隙中看了会儿。估计快要结束了，边上的保安员反而将缝隙拉大，让我们进去了，只是座位早已坐满，只能在后面站着看，距离很远。这是个大型的杂技秀，但似乎是一出有情节的连续的杂技剧。我们站着看了半天，精彩。

广场边还有酒吧，是一个类似儿童泳池的大水池，桌椅直接摆在水中，大家光着脚在水中喝啤酒，孩子们就在桌子边玩耍。人太多了，想买啤酒都挤不进去。

我俩兴奋地回到船上等待开船，却从窗户中看到彩色的烟花，于是冲到甲板上，发现一艘船正在圣劳伦斯河上放烟花，璀璨的烟花和陆地上的激光束相映成趣，全程持续了20分钟左右，真是大饱眼福，尤其从14层甲板上看感觉更佳。这还真是第一次这么近，以这么高的角度看烟花表演，今天是什么节日吗？

洁西兴奋得像个小女孩，在身边不时欣喜地呼叫起来，甲板上那些上了年纪的船客，也跟着这青春的呼喊声，激动的呼应起来。

烟花结束，意犹未尽。甲板上的音乐骤起，船上的迪斯科派对又开始了，随着一声鸣笛，载着满甲板舞者的巨轮缓缓出港。

真是充实的一天啊。

108 天环球航行第 67 天

2018 年 8 月 10 日,星期五,多云

在海上

记录时间:22:40

记录位置:圣劳伦斯湾

记录坐标:49°01′22″N;64°19′16″W

当前航向:东南

经过了一天一夜的高强度的岸上活动,今天的海上日又成了全船旅客的休息日。睡睡懒觉看看书,晒晒太阳聊聊天又恢复了日常的状态。随着气温的逐步升高,甲板上的躺椅又到了满员的状态。

在昏黑的内舱房一觉醒来,已是中午,穿上短裤大拖鞋走出房门,正好隔壁的艾米丽也推门出来,相视一笑,果然懒虫们的节奏很统一。一问才知,洁西仍在和床铺进行着告别战,倒是洋子早已去锻炼了。我们就同去自助餐厅找洋子吃午饭。做房间服务的小飞已经习惯了我们航海日的懒惰,所以将我们两个房间安排在最后打扫,毕竟他要负责二十几间客房,而其他房间的客人都是老者,起床早得很。

到了自助餐厅午餐还没有开始,我们就接了杯水找个圆桌坐下,等着洋子来找我们。艾米丽看来已经从失恋的阴影中走了出来,神情轻松地聊起了昨天在魁北克遭遇的古怪天气。确实是很古怪,爱尔兰也老下雨,但是这种下雨冷死,不下雨热死的天气却也难得体会。

正在这时,突然看到杰森和彼得也出现在了自助餐厅,杰森独自一人向我们走了过来,艾米丽的神色瞬间有些不自然了。打了招呼后,杰森做了个"借一步说话"的表情,就和艾米丽走到另一边说了些什么。之后,他远远地朝我

点头打了个招呼，就回到彼得那边去了。艾米丽走了回来，又坐下，对我说抱歉："他只是来告别的，他们在纽约就离船上岸了。"

"其实你们就在这说就行了，反正我也听不大懂。"我开玩笑道。

艾米丽哑然一笑，脸色也缓和了下来，就转换话题，和我继续聊起了天气和洋流有没有关系。

一会儿，洋子也来了，洁西也睡眼惺忪地跑来了。正好这时候开餐了，就让她们两个先去餐台取餐了。

"你觉得我是个漂亮女孩吗？"艾米丽突然问我道。

"当然了。"我回答。

"那为什么我还会失去我想要的爱情？"艾米丽又问道。

"你还很年轻，未来有的是你想要的东西，得到和失去或许还会有很多次，不仅仅是爱情。"我说道。

"可是我的心还是痛的。"艾米丽小声说道。

"生活就像自助餐台，有各种菜，有咸有辣有甜，你才喜欢吃，都是一个味道，谁还吃自助啊。"我指着自助餐说道，"多尝尝没坏处，万一好吃呢？"

这时洁西拿着盘子过来了，艾米丽就没有继续说下去，和我一起起身去拿菜品了。不过今天她倒是真的每个菜都盛了一些。

"你们刚才在聊什么？"吃完饭后洁西小声地问我。

"没聊什么啊，天气什么的。"我回答道。

"切！"洁西嘴一撇，又跑到艾米丽那里套话去了。

平平淡淡地过了一天，船上生活好简单啊。

📅 108天环球航行第68天

2018年8月11日，星期六，多云

在海上

> 记录时间：22:10
> 记录位置：大西洋
> 记录坐标：45°23′13″N；60°17′43″W
> 当前航向：西南

凌晨，时间又向前调了一小时。

今天继续海上日。

"为了做个积极健康的美男子，早上主动起床做运动了。"

以上是我在睡梦中想到的，没错，又睡到了中午时分。

经历了两个多月的海上航行生活，我已经适应，没有了当初的激情，只是一种懒散的生活罢了。午后的生活就是看看书，聊聊天什么的。在甲板上见到了何氏夫妇，这两位倒是天天形影不离。何嫂其实是那种传统的中国女人，很勤快很能干，嘴皮子很利索，找一个有能力又老实的男人，一生就围在他身边，不追求什么独立，不怕艰辛的日子，也可以共享成功的欢乐。何大哥则是有些木讷和敦厚的男人，不善言辞，只是在自己的案板前完成事业理想和对家的责任。另外何大哥的英语虽好，但是不愿交际，所以离开何嫂和外人交流也有些费力，这也是他们形影不离的原因。由此可见，异域他乡十余载，这对夫妇是如何相濡以沫，携手前行的。

不过和我聊天时，何大哥的话会多些。身为名厨，总是三句话不离本行。当然在国外遇到同胞，不吐槽西餐绝不可能，尤其是作为专业人士。他对西餐各等次态度不同，还是较为推崇菜品细致的法、意餐，看不上简单粗暴的英、德餐，至于新大陆的美餐、澳餐，他认为就只是充饥而已。中餐他则独宠粤菜，也爱淮扬菜，但对川菜鲁菜感觉一般。

就在这种东一头西一棒的聊天中，下午的时光就悄悄溜走了。我们各自回房洗澡换衣，今晚又是正装夜。今晚有龙虾入馔，麦克直接问我，要不要双份的，当然要了。何大哥和何嫂也是双份，虽然西餐不咋样，但龙虾真是好东西，闭着眼也要吃下去。

108天环球航行第69天

2018年8月12日，星期日，晴

8:00—18:00 停泊加拿大哈利法克斯

记录时间：22:50

记录位置：大西洋

记录坐标：43°31′40″N；64°13′55″W

当前航向：西南

今天到达哈利法克斯，加拿大新斯科舍省的首府。两年前我乘坐水晶邮轮尚宁号来过这里。著名的泰坦尼克号沉船最多的打捞物就保存在这里的大西洋博物馆。因为上次来时已经参观过，而且参观了太多的泰坦尼克事件的展览，看了太多的影片，我对此已经没有太大的兴趣了。整件事已经被包装得太完美，不像一场噩梦而像是一场秀了，还是愿逝者安息吧。

今天我主要去了21号码头移民博物馆、省自然历史博物馆和公共花园等地，算是这个小城很不热门的景点了，所以大相机都没有背，揣着个手机轻装逛小城，倒也颇有收获。洁西她们还是要参团去看大西洋博物馆和山顶军营，所以我就单独行动了。

下船就是移民博物馆，就在21号码头。整个博物馆大致分为三个部分，一是讲述世界难民问题，二是加拿大移民局的宣传，三是移民历史的展示，包括当时的码头、火车、商店等场景再现，还有一部关于新移民谈话的电影。加拿大的博物馆很喜欢播放历史活动或事件参与者的访谈音像，他们可能认为参与者说话是最真实和最有说服力的吧。

自然历史博物馆则是孩子们的天堂，一只海龟恰好今日过生日，小朋友们来此祝贺它生日快乐。博物馆中还有很多活的动物和标本，孩子们看得很开心。最佳展示是一个悬浮在半空的电子地球，也就是个3D球形显示屏，正在播放近30年每一天世界上地壳运动产生的地震，用圆点代表震中，圆点的大小代表震级，可以看到我们的地球可不是很安静的。

公共花园是个小公园，我只是穿行而过。这个公园是这里的社区居民闲暇时运动的场地。

回码头的路上我还看到了市政府，有两名卫兵守护，今日开放可参观，但看到没人去我就没敢进去。

晚上船上又搞送别派对了，从大厅顶上向下飞气球等。第三航段马上结束了，很多人到纽约就上岸了。

说起来时间也是真快。

108天环球航行第70天

2018年8月13日，星期一，晴

在海上

记录时间：21:20

记录位置：大西洋

记录坐标：40°29′41″N；73°02′10″W

当前航向：西

时间回调一小时，进入纽约时间。

今天在海上，休息，洗衣服，没有什么特殊的。

晚餐和何氏夫妇道别，安娜也在纽约下船了。说实话我和这位金发的美女交流并不多，她倒是和同桌的雷和乔交流更多，可能也是由于语言障碍。但是她有很可爱的一面，每当餐后喝完咖啡，麦克会拿来些爽口糖，我们基本不吃糖，维多利亚也就拿上一块，剩下的就被他们三个瓜分了，有时分配不匀，她还会像小姑娘一样，噘起她那张涂得很红的嘴，雷和乔只好认输拿出。

纽约是安娜的故乡，不过她却是独自一人到处旅游的闲人。据她说下一步要去西雅图坐去往阿拉斯加的邮轮。

回舱房的路上，很多行李已放到过道，70天的航程结束了。

📅 108 天环球航行第 71 天

2018 年 8 月 14 日，星期二，多云有雨
2:00—24:00 停泊美国纽约

> 记录时间：23:20
> 记录位置：纽约曼哈顿港
> 记录坐标：40°45′59″N；73°59′55″W
> 当前航向：停泊

  船是在深夜停泊到纽约曼哈顿 88 号码头的，所以我也没有拍到画面。一早是面对面入关，因为之前去英国是在船上办面对面过关，以为美国也这样，所以就只拿着手机，穿着短裤洞洞鞋，空手溜达过去了。本想着办完再回房间拿相机背包什么的，谁知道跟着队伍直接走下了船，来到码头上过海关，所以稀里糊涂的就过关进入美国，而且似乎返回船的通道还没有开。就这样流落到美国街头了。

  万幸的是，我的短裤口袋里还有 100 美元，是昨晚从保险柜拿出来的。船上的客房内都有保险柜，你可以存放证件和现金等，自己设置好密码别忘了就行。鉴于这几年已经到访过纽约 3 次了，这次唯一需要认真去的景点只有帝国大厦，因为前几次阴差阳错没在帝国大厦上看过夜景。码头对面的路边，正在售卖城市巴士的票，所以就 35 美元买了一张，城市巴士一日游，坐在二层在曼哈顿城中心转了一圈，什么时代广场、华尔街、中国城、联合国挨个看。结果巴士并不返回邮轮码头，还得从 48 街自己走回去。48 街所在的这一区域叫作地狱厨房（Hell's Kitchen），曾经是纽约最大的贫民窟和鱼龙混杂之地，但现在也被地产商们开发，房价飙升。不过走在街上还是蛮怕的。

  回到船上，我简单吃了午饭，换好运动裤和运动鞋，拿好相机和充电宝，

再次下船，下船时正好遇到维多利亚。她的外孙女在纽约，正在船下等她一起去玩和吃饭。老太太真是子孙遍天下，之前在英国她就说过有孙女在伦敦工作。纽约的是外孙女，自己又住在悉尼，这环球邮轮成了她们家亲友相见的渠道了。

　　下船后，正遇到洁西她们回来，她们三个去看了自由女神像，洁西见到我就埋怨到一早都没找到我，我只好给她说了流浪纽约的传奇经历，招来了三个人一副看待流浪猫狗的眼神。之后我们便组团开始步行纽约，88号码头—时代广场—洛克菲勒中心—公共图书馆—帝国大厦—梅西百货—宾夕法尼亚车站，故地重游。

　　因为晚上约了在纽约的朋友吃饭，我和她们就在梅西百货分开了，也是不想陪她们在这里逛商场了。梅西百货唯一吸引我的是据说建于1902年的木质自动扶梯，当然也经过改建和维修了，但是样子还是100多年前的。分开之后我本想去个博物馆看看，结果瞬间暴雨倾盆，纽约的街头也会积水，所以只好躲在路边的酒吧，要了一杯啤酒，欣赏窗外的雨景。

　　和朋友的晚饭吃的是韩式烧烤和冷面，味道不错，就是做得似乎没有国内精致。

　　夜晚登顶帝国大厦102层观景，看过哈利法塔后就感觉帝国大厦矮了很多，而且电梯也是老式的，耳压变化明显。

　　102层是全玻璃封闭，其实使用单反相机照相效果并不好，所以建议后来客只去86层就好了。另外劝大家在帝国大厦还是看白天或黄昏的景致吧，夜晚亮灯后一片灯海，建筑物的特别标志性很不明显，就是茫茫一片灯海。

　　86层则用铁丝网拦着，你可以从铁丝网的缝隙中照相，确实很好的，而且在国内网站买86层的票还便宜很多。

　　86层也是电影《西雅图未眠夜》和《北京爱上西雅图》等电影的主角约会点。茫茫人海遇到你，是缘是梦是奇迹。无数游人站满了86层平台，摩肩接踵，一块上来的人都快互相找不到了，更别说偶遇了。

但我和洁西她们约在这里集合，只有大致的时间，这又是洁西想到的所谓浪漫的方式，可是涌动的人潮绝对是她们没想到的。我只好站在电梯外的转角处一个较高的石台上，寻找她们的身影。

最终还是身高马大的洁西第一个看到了我，大家欢乐地聚在了一起，重新汇入人潮中继续前行。

天色已经很晚了，午夜时分我们又回到时代广场，一支乐队在街演，音箱发出巨大的声浪，无数人穿行在广场上，与绚丽的霓虹映出一片斑斓的午夜。

但是只转过两条街口，立刻声息皆无，仿佛喧嚣的音箱被突然关闭一样，阴黑的街道上寂静无声，灯光在树缝间摇曳，睡在街边的流浪汉一个翻身将身边的酒瓶弄得叮当作响，偶有一个行人，无不加快脚步，遁入黑暗中。女孩子有些害怕了，用力拉住我的手，用最快的脚步穿越午夜的"地狱厨房"。

📅 108 天环球航行第 72 天

2018 年 8 月 15 日，星期三，晴

0:00—20:00 停泊美国纽约

记录时间：23:00

记录位置：大西洋

记录坐标：40°10′00″N；73°50′41″W

当前航向：南

今天仍在纽约，由于昨天太累，一觉醒来 10 点多了，我就没有再进城，而是独自去了隔壁的 86 号码头，参观无畏号航空母舰展览馆。

这是一艘功勋舰，在珍珠港事件后只用了 18 个月就建成服役的航空母舰。二战期间参与了对日本占领岛屿和本土的作战，也因为神风特攻队遭受过损失。二战后无畏号在对越南战场上起了重要的海上平台作用，同时也参与了阿波罗计划的宇航员返回海上接收工作。1982 年，无畏号进入纽约，并永远停泊在曼哈顿 86 号码头，作为展览馆，展出美国海军、空军的历史及航天科技方面的成就。

你可以走上舰桥去体会驾驶航空母舰的感觉，可以看到飞行甲板上停留的黑鸟侦察机、F-14、鹞式战斗机，在飞行甲板后部还有专门的区域展示美国的航天飞机原型。可以在原来的机库中看到精彩的关于航空母舰战斗方式的展示，在生活区可以看到水兵的生活方式，还可以试乘电梯感受飞机从机库到达飞行甲板的过程。

本来邮轮计划下午 4 点起航，所以我参观完航母就回到船上，结果不知什么原因直接推迟到了晚上 8 点，只好又欣赏了一下夜色中的曼哈顿。

📅 108 天环球航行第 73 天

2018 年 8 月 16 日，星期四，晴

在海上

记录时间：21:40

记录位置：大西洋

记录坐标：33°46′48″N；76°54′56″W

当前航向：西南

今天海上航行，没什么多说的，在纽约逛得太累，今天几乎睡了一天。

晚上正装夜，奇怪的是竟然没有欢迎派对，没有免费香槟。不知道这是什么原因，纽约上了很多人啊。

晚上见到洁西她们，原来昨天她们跟团去了西点军校，回程又去了华尔街摸铜牛，去中央公园吃了热狗，等等，第一次来纽约的标准打卡基本完成。当然，纽约这个城市可不是走马观花就能了解的，希望未来有深入了解的机会。

没有了杰森在船上，艾米丽似乎又回到了原来的状态，开朗了很多，不知道是放下了那段感情还是将它默默留在心底了。

108 天环球航行第 74 天

2018 年 8 月 17 日，星期五，晴

9:00—23:00 停泊美国南卡罗来纳州查尔斯顿

记录时间：23:10

记录位置：大西洋

记录坐标：32°47′20″N；79°55′14″W

当前航向：南

今天我们的邮轮来到查尔斯顿，一个不大的小城，却是美国南方重要的历史城市。这里所在的南卡罗来纳州是美国最初独立的 13 州之一，查尔斯顿也是南北战争期间南方军队的重镇，这一点走到查尔斯顿博物馆就可以看到。初期移民的艰辛生活，美国独立战争时期，美墨战争时期，南北战争时期，第一次世界大战时期进而到第二次世界大战时期，你会感到美国的历史就是不断通过战争扩大地盘，往星条旗上加星的历史。展品多是枪支弹药和瓷器银器，以及南北战争时期的军服、二战时期的战旗，等等。这个博物馆非常喜欢收藏英国的银器和中国的瓷器，还完全沉浸在维多利亚时代中。

从 1790 年开始，这里就是南卡罗来纳州的首府，拥有美国最早的海关，最早的黑奴市场。

正因如此此地的黑人居民很多，有些应该是长居此地的家族的后代了。这里有免费的 3 条交通巴士，基本上连通全城。此城人口才 8 万，所以当地人出行主要乘坐交通巴士。开业于 1807 年的老市场也是一大景观，算是继续使用的古迹吧。当然还有各种 18 世纪的房子，保护得算不错。房子多是三层结构，色彩缤纷，此地是美国富豪颇为喜爱的休闲胜地，每栋别墅也是价格不菲。

此地的查尔斯顿学院是美国最古老的 13 所大学之一，是公立常春藤名校，

占地面积很大，没有围墙，公交穿行而过。我只是坐在车上看了一圈。

中午在查尔斯顿老城里的一个餐馆吃了当地著名的老镇烤鸡（Old Town Chicken），和在北京超市里能买到的那种烤鸡相似，配的酱汁味道不错，就是烤得有些糊了，一大块皮黑乎乎的，还有一大堆土豆块。我们每个人吃了半只鸡，说实话，没饱，价格也不便宜。

在街上闲逛的时候，看到两辆美军的悍马汽车，几个男女军人在接一群小朋友，估计是开展什么军事夏令营吧。对了，查尔斯顿港以前还是美国的海军基地，著名的约克城号航空母舰（CV-10）就永驻在查尔斯顿军港内，这也是我在回船后，从船上远远看到海湾另一边的模糊船身才知道的。这当然不是在中途岛海战中沉没的那艘约克城号航空母舰（CV-5），而是为了纪念那条功勋战舰而命名的第二艘约克城号，二战末期服役，却加入了那个在亚洲搞事情的第七舰队，出没在台湾海峡。我把以上内容讲给了发现航母的洁西听，又收获了她崇拜的眼神。百度真好。

晚上有从当地邀请来的表演团体，是一支美国民谣乐队，弹着吉他唱着歌。

108天环球航行第75天

2018年8月18日，星期六，晴

在海上

> 记录时间：22:20
> 记录位置：大西洋
> 记录坐标：27°33′21″N；79°45′01″W
> 当前航向：南

海公主号邮轮沿着美国东海岸一路向南，气温明显高了起来，和格陵兰的温暖阳光不同，暴晒又开始了。

从纽约开始，就进入全球航线的最后一段了。参与全程航行的宾客们已经混得很熟了，孩子们大都已经下了船，很多人利用暑假带孩子走了欧洲航线和大西洋格陵兰航线，也是环球航行的主要精髓所在。快到九月了，孩子们都快要开学了。

晚餐的正餐桌只剩下我和肯特上校、乔、雷，以及维多利亚和珍两位女士了。可以坐十人的餐桌只坐了我们六个，顿时宽敞了很多。大家也不像见面之初那样拘谨和重视礼仪了，餐桌上的聊天更加频繁，大家的笑声也多了起来。虽然餐厅的乘客总人数减少了，但是音量似乎更大了些，也可以听到一些放肆的大笑声，或许也和美国人多了有关吧。菜品还是一如既往，好在我对西餐还算习惯。

今晚是3个美国大妞的演唱秀，人满，气氛很嗨。

今晚又安排了观星活动，洋子最喜爱这一活动，我就约了她同去甲板观星。来到北半球，天上的星座我认识的就多了些。在漆黑的海面看满天星河，总有眩晕之感，仿佛行走在天际。

扶着栏杆，看着天空的星辰，洋子说她有些想家了。大学四年，她都没有看到家乡的星空，过些日子完成环球旅行，洋子会回到日本开始她的另一种人生。洋子生长在一个很传统的日本家庭，父亲是家中的顶梁柱，做到了某个新闻媒体的副主编，也是一个人生赢家，但是因为行业特点，每日工作时间和休息时间极不固定，母亲则是在家相夫教子。作为大女儿的她自幼喜欢绘画和设计，所以在澳大利亚留学学习美术设计。随着环球航行的结束，她将回到日本，因为父亲的关系，倒是不愁找不到工作。但是结婚之后，是像母亲一样回归家庭还是做事业女性，她还未想好。此次环球航行也是希望未来来得晚一些，有更多的时间考虑吧。

听着洋子把心中的顾虑一一说出后，我无言以对。我去过日本，但对日本的了解也就是富士山和东京迪士尼，自然无法说出什么，尤其是女性回归家庭似乎是日本的传统，其实洋子也不是反对，只是一种不甘心罢了。只好宽慰道，未来还很远，到时候再看情况吧，先快乐地度过当下吧。

洋子在说出心中的惆怅后，心情似乎好了一些。她也只是被这星空所感染，一吐心中的不快罢了，也不是真的寻求解决方法。所以她抱歉地对我说，不再纠结此事了。

之后我们又聊起了日本，她给我讲了自己的家乡京都，讲了她小时候参加乒乓球比赛的故事，还讲了她崇拜的偶像——日本花样滑冰冠军羽生结弦。她的理想工作是为日本的体育界做宣传设计画，更希望能陪着自己的偶像2022年来北京参加冬奥会。

"Welcome To Beijing。"这是我最熟悉的一句英语了。

108天环球航行第76天

2018年8月19日，星期日，晴转雨

9:00—23:00 停泊美国迈阿密

记录时间：22:20

记录位置：迈阿密港

记录坐标：25°46′44″N；80°10′29″W

当前航向：停泊

今天9点到达迈阿密，结果不知什么原因等了1小时才能下船。此次来迈阿密不算是我初到，但是上次只是乘坐邮轮路过，所以这次也算初访。

加勒比海是邮轮业的天堂，每年从迈阿密和极近的劳德代尔堡两个港口出发的邮轮班次，占了世界邮轮总运营量的一半以上。这主要得益于此地便捷的海陆空交通，加勒比海全年光照充足，更得益于美国这个全球邮轮的最大市场。

我坐着旅游大巴车去了迈阿密城区和迈阿密海滩区。迈阿密城区有个小哈瓦那，一片古巴风，据说是古巴流亡者聚居之地。还有一片将旧时的工厂和高炉都喷上彩色图画的彩绘艺术区，有点类似北京的798。

南沙滩真的很美，主要是望不到头，沙子白而细，沙滩上满是躺椅帐篷，还有装着大屏幕的广告船在水面驶过，商业气息浓重。躺椅区外面是一排垃圾桶，确保人们不把垃圾扔在海滩，大家也都很自觉。我坐在沙滩上，看湛蓝的天和白色的云，看沙白水碧，看美女穿着泳装走来走去，这里确实是个好去处。可惜我受不了这暴晒，拍了两张照片就跑回屋内吹空调了。

其实这里很像中国的三亚，没什么景观，热火队的美航球馆也算是个景点了。更多的就是休闲娱乐、酒店餐饮，以及成片的海滩别墅和如林的游艇风帆，物价很高。

我和洁西她们一起吃了著名的Bubba Gump，就是根据《阿甘正传》开的一家餐馆。美国人吃海鲜一律清水煮，要不就是烧烤，也就仗着海鲜的新鲜，还算可口。其实蛮糟蹋东西的，这点我和洋子有共鸣。洁西和艾米丽吃得不亦乐乎。

晚上在船上又看了本地歌舞团的节目，加勒比风情舞蹈，除了穿得很少，也没什么特色。

从船上看迈阿密的夜色，很美，这是个适合度假的城市，来住上几天，坐在躺椅上看蓝天、大海、白沙滩，还是相当不错的。

📖 108天环球航行第77天

2018年8月20日，星期一，晴

10:00—21:00 停泊美国基韦斯特

> 记录时间：22:40
>
> 记录位置：墨西哥湾
>
> 记录坐标：24°16′21″N；82°02′56″W
>
> 当前航向：西南

到基韦斯特晚了1小时，出发的时候却比计划早走了2小时。早10点到晚9点在这个美国边陲的小城市，其实足够了。

坐公交转一圈，转来转去就几个地方：

首先去看了美国本土最南端的大墩子，红色的大墩子上写着144.84千米到古巴。需要排队照相，却被前面3个二十多岁的中国小姑娘叫叔叔，帮助照相，唉。

之后去了海明威的故居，不小的花园，还带标准泳池。院内有两栋小楼，一栋是两层，主要有卧室、餐厅、会客厅等，另一栋则是他的书房，里面有躺椅、小桌和打字机。

如果不是海明威曾身处美国最南端的这个小城市，这就是一个默默的小岛，普通的小镇。

但是夕阳很美。

108天环球航行第78天
2018年8月21日,星期二,晴

在海上

记录时间:22:00

记录坐标:18°55′30″N;82°26′19″W

记录位置:加勒比海

当前航向:东南

昨晚和今天,游轮从古巴西侧绕过,通过尤卡坦海峡进入加勒比海,全天航行,天气越来越热。

洁西拉着我一起去泳池游泳。洋子是最怕晒的,所以坚决拒绝白天游泳,艾米丽倒是来到游泳池,但是却在躺椅上做泳衣秀,就是不下水,一下水就紧紧地抱着栏杆不撒手,原来她完全不会游泳。洁西则是穿了专业的紧身游泳装,像模像样的先游了几个来回。我就笨拙了许多,更多是为了泡在凉爽的水中,阳光直直晒着头顶,整个身体下冷上热处于两个极端,仿佛一块立在水中的红蓝磁铁。

洁西游到我身边,调侃道:"李,看来你的体力和你的肚子制约了你的能力啊。"

我笑笑说:"没办法,老了。"

洁西说:"你怎么那么喜欢说老呢?连我的爷爷都不会说自己老了。"

我又笑了笑,没再接话,而是指着艾米丽说:"你们怎么没有教会艾米丽游泳呢?"

洁西立刻摊开手,表示无可奈何:"有些人真的是天生就没有游泳潜能。"

游了半晌,我们去了旁边的按摩池,这次艾米丽倒是欣然前往。按摩池是圆形的，大约能坐六个人，此时只有我们三个，每人占据一角。将按摩喷头打开，靠在池壁上享受起来。要不是日头高照，真是舒适至极。

游完泳走回船舱，空调凉气一吹，三个人都发出一声叹息，还是这里凉快啊。

今晚的节目是两个来自拉斯维加斯的阿根廷舞者表演的舞蹈、鼓乐和杂技。据介绍他们原来在拉斯维加斯百利酒店的舞台演出。

108天环球航行第79天
2018年8月22日，星期三，晴

在海上

记录时间：22:00

记录位置：加勒比海

记录坐标：12°06′21″N；81°43′35″W

当前航向：西南

今天早上时间回拨1小时，继续航海。

今天闲来无事，所以早早起床，想感受不吃自助餐的一天。

这是因为正餐厅也是提供三餐的，但是需要按菜谱点菜。对于英语不好的我来说，还是自助餐方便些，而且正餐厅的三餐都是有时间限制的，不似自助餐的时间自由。

我先感受了一下正餐厅的早餐，菜品内容和自助餐厅的基本相仿，只不过有服务生将你点的整盘的早餐正式地摆到你的面前，然后随时候着为你添加咖啡、茶之类的。早餐也需要拼桌，而且船客们也像正餐和下午茶时候一样，会互相介绍，聊些有的没的。我最痛苦的事情就是记外国人的名字，要么相似要么难念，而且外国人在我看来都长一个模样。晚餐时的同桌之人我也是花了近十天时间才正确将名字一一对应，所以这种临时组团的一直记不清。在电梯间经常会突然遇见脸熟的人热情地打招呼，我却不记得他们的名字的。

中午正餐厅的主题是英式酒馆午餐（English PUB lunch），就是英国餐馆的炸鱼薯条之类的食物，菜单不长，我吃的是一种炸鸡配饭，有点像商务简餐。不过可以要独坐的小桌子，自己坐在那里慢慢地用餐。

晚上是正装夜，正餐厅门外的墙上会贴着每晚的菜单，很多人会在四点多钟去关注它,来决定晚上是来餐厅吃正式晚餐,还是去自助餐厅将就,或者去吃比萨。今晚基本上还是老一套的正装夜菜单,不过馄饨汤味道很不错,就是可惜里面只有一个馄饨。

108天环球航行第80天

2018年8月23日,星期四,雨

7:00—19:00 停泊哥斯达黎加利蒙

记录时间:22:25

记录位置:加勒比海

记录坐标:9°48′22″N;81°50′17″W

当前航向:东

早上时间又回拨1小时,因为是停泊日,我早早就起床了。

今天到达哥斯达黎加的利蒙市。早上站在甲板上看整个利蒙港,一片低矮破败的房屋,由于天阴下雨,整个城市都黑乎乎雾蒙蒙的,没有欧美城市的高楼大厦和洁净码头。我还是头一批下船登岸,先出去上街转转。这是个很小的城市,街上的房子都不超过三层,石灰路的小街,有些像30年前的北京远郊县的县城。所谓的中心市场俨然就是小商品批发市场的样子。许多摊位临街摆放,因为下雨,遮着凌乱的黑色雨棚,更显混乱。港口出口处围满了拉生意的出租车,以及贩卖廉价项链的小贩。

当地的特色早餐却是很法式的,牛角面包和牛奶摆在电镀腿的折叠桌上。店面是敞开的,仿佛广东的骑楼,顶上是吱吱作响的吊扇。早餐价格倒是不贵,但总有些穿越之感。看店的是一个美丽的女孩,有着麦色的肌肤和栗色的卷发,或许是店主的女儿吧。狭小的店铺里只有四五张桌子,却几乎满员,除了我都是本地人。女孩在忙碌的间歇,特别走过来和我聊了几句,问我是游客还是常住此地,我说我是坐邮轮而来的,女孩瞬间羡慕不已,说她也想出去旅游,不过还要顾店难以成行。此外她对中国竟颇有了解,并告诉我此地的华人很多,主要都是开饭馆和超市的,所以她和他们有过不少交流。

因为雨势越来越大,最终我只好跑回船,等待午饭后参加船上的旅行团前往热带雨林。天公作美,午饭后,天竟然晴了起来。团是听洁西的建议报的,说此处还是跟团安全些,只是团费却是让人心疼。

第一个项目是坐船,坐着快艇在浑浊黄色的河水中溯游而上,两边是高大乔木和灌木组成的雨林河岸景色,很像是电影中的亚马逊。我一直在河面上寻找鳄鱼的踪迹,身边的洁西总觉得看到鳄鱼而尖叫,可惜不是浮木就是枯叶,鳄鱼在这条被开发成旅游线路的热闹的河上踪迹难寻,倒是突然飞起的彩色小鸟和岸边突然看到的变色龙让全船人惊奇不已,还有就是藏在浓密的枝叶中的树懒,远远地也看不清楚。河道不长,原路往返,忽见一紫色的水鸟立于草丛中,又使大家兴奋异常,咔嚓咔嚓一通照相。

第二个项目则是坐在老式的蒸汽火车上穿过丛林,火车还是木质车厢,轨道上连枕木都没有,就这么晃晃荡荡地穿过浓密的雨林。巨大的芭蕉叶不时拍打着车窗,一看到动物,火车还会停下来让大家观看。树上有一对环尾猴,母猴的身上还挂着一只幼崽,火车汽笛一响,猴子就爬到更高处去了。列车开了有几公里的样子,雨林列车看到的浓密雨林并不多,倒是看到了人类活动对雨林的影响和破坏。道路桥梁的穿越造成动物被迫迁徙,建造房屋和公共设施等对雨林的砍伐破坏,发展和破坏的矛盾仍困扰着人类。此时我不禁想到绿水青山才是金山银山啊。

洁西一路上倒是很兴奋,一副好奇宝宝的模样,加之冒险精神与真心害怕的交汇,玩得很开心,就是觉得雨林不大,没什么危险,不够刺激。我只好实事求是告诉她,要是把她一个人丢在里面,不出半小时她就会迷路,结果洁西嘴一撇:"你舍得把我一个人丢在里面吗?唔……"

晚上回船,船上搞了巴拿马草帽舞会,人人都带着巴拿马草帽跳伦巴,也算是对市里的小商品市场做点贡献吧。

108天环球航行第81天

2018年8月24日,星期五,阴

通过巴拿马运河

记录时间:22:35

记录位置:巴拿马湾

记录坐标:8°22′10″N;79°26′58″W

当前航向:南

此次航程唯一一次,时钟向前调一小时,所以大家真的极不适应。

今天应该是最累的航海日了,早上7点起来进入巴拿马运河开始拍照(这可是昨天的6点啊),直到晚上6点才出巴拿马运河。

巴拿马运河算是中学教育中出现较多的国外地名了,地理、历史、物理课中均有。大家记忆深刻的应该是物理里面的连通器原理了,学了那么久的连通器,今天终于来这里看实践课了。

巴拿马运河总体算是南北向,连通北侧的加勒比海和南边的巴拿马湾,从大水系统讲是连通大西洋水域和太平洋水域。运河主要是依托巴拿马加通湖,在南北两端开凿运河,因为加通湖水位高,所以使用船闸让船只通行,但是船闸也限制了船的大小,所以,船界有"巴拿马级"这一概念,大约是8万吨,再大的船就过不了船闸了,只能去绕行合恩角和火地岛了。(2016年6月巴拿马运河拓宽工程完工启用,15万吨级船可以不用绕远了。我们走的应该是老船闸。)北侧船闸是3级阶梯式,将船抬高到加通湖湖面,过湖之后则是较窄的人工运河,运河也转为西北东南走向,走到南侧先是一个1级阶梯,再进入一个小湖泊,之后再是一个2级阶梯到达太平洋。南北两侧各有一座大桥横跨运河,连通东西。

船闸的运行方式就不用细讲了吧,另外巴拿马运河的船闸会用 6 台机车在船的四角绑钢缆。船在船闸中是关闭动力的,全部由这 6 台机车牵引前进,同时通过钢缆可以控制船体的启停和船体走向,使船不会与闸壁发生碰撞。巴拿马运河 1913 年开始使用,今年已是 105 年了。

加通湖有些像千岛湖,有很多小岛,估计原来是很多湖泊,为航行蓄水联通了,所以加通湖可以算是一个水库吧。他们也确实在两端的船闸边修了其他水利设施。人工运河与苏伊士运河差别不大,只是两岸绿树成荫,比苏伊士的一片黄沙好多了。

在南侧的最后一级阶梯船闸边,还有一栋观景楼,有大量的排椅,大家可以像观看比赛一样观看船只过闸的过程,多好的物理课实践基地啊。邮轮过闸时,岸上船上的人互相挥手,大喊大叫,好不快乐。

天黑了,隔着岸边的小山可以看到远处的巴拿马城,是高楼林立,极为现代的一个大都市。可惜此次行程没有巴拿马。

108天环球航行第82天

2018年8月25日，星期六，阴

在海上

记录时间：22:30

记录位置：太平洋

记录坐标：0°43′31″N；80°30′49″W

航向：南

今天船上又组织了过赤道活动。依然是涂得满脸花和亲吻海鱼。从北半球又回到南半球了。

女孩们对这个活动已经是意兴阑珊了，也是由于昨天疲惫的原因，今天午饭时间才见到。不过大家依然对昨天通过运河兴奋不已，国外的教学也会提到巴拿马运河，所以昨天大家的眼睛基本上没有离开运河，经常是吃着吃着东西，发现要经过大桥，就提着相机跑出来在甲板上拍啊拍的。刚回来躲躲太阳，船闸要到了，就又跑到船头去占位拍照。船进了船闸，又都跑到船尾去看落差。

所以今天大家只是坐在泳池边，慵懒地看着过赤道活动的表演，倒是娱乐部的员工们依然热情似火，极认真的表演着。

晚上在房间又收到了过赤道证书，是由船长签发的，此行共收到两张，上次从南半球到北半球也有一张。

108天环球航行第83天

2018年8月26日，星期日，阴

5:00—19:00停泊厄瓜多尔曼塔

记录时间：22:00

记录位置：太平洋

记录坐标：1°26′53″S；81°13′29″W

当前航向：西南

厄瓜多尔的曼塔是个不大的城市，今天又是星期天，街上几乎没人。交通车到市中心的自由市场，这里可以看到曼塔的海滩。曼塔的海滩是当地的主要旅游资源，但由于是阴天，海滩上显得很荒凉。整个城市还是呈现出一种没有开发好的样子，街上的人也有些木讷，经常用好奇和审视的眼光看着不同肤色的游客，揽客的出租车司机倒是很多。可是今天实在是没兴趣去远处的景点，就在城里转悠一下得了。

阴天的缘故，位于赤道的城市气温并不高。

亮点一：在教堂里看到了做礼拜的人们。这里的教堂门是大敞开着，圣歌也是欢快活泼的拉美风格，像是家家户户在集会。还有人抱着极小的婴儿，估计是来受洗的吧。很多人还是坐在长椅上虔诚的祷告。比起欧洲，这里的礼拜似乎轻快了很多。

亮点二：看到了中国奇瑞汽车的专卖店，还是很有市场的样子。

由于我是一个人逛街，很早就回到船上了。船上好多人都参团去周围的景点了，难得在人少的甲板上躺下吹吹风。

📅 108天环球航行第84天
2018年8月27日，星期一，阴，大雾

在海上

记录时间：23:00

记录位置：太平洋

记录坐标：9°17′05″S；79°35′20″W

当前航向：东南

顶着秘鲁寒流沿南美洲西海岸南下，虽然看不到海上巨大的风浪，但是船一路晃动得很厉害，看来是"暗流涌动"啊。

甲板上很冷，因为阴天和航行带来了风，气温只有19度左右，体感温度更低，很多人穿上了夹克和长裤，这可是在热带啊。主要是因为秘鲁寒流造成的吧。

由于晃动得厉害，女孩们也没了聊天的兴致，都跑回房间躺下抵抗晕船感了。

我倒是不晕船，但也百无聊赖地躺在床上，研究明天下船的秘鲁利马。此航程有五站是船在码头过夜，迪拜、威尼斯、巴塞罗那、纽约和利马，也就是说，利马将是最后一个重点港口了。我也是下了血本在这里连报了两个船上旅行团，一天一个，花了几百澳元的巨款啊！

108天环球航行第85天

2018年8月28日，星期二，阴

12:00—24:00 停泊秘鲁利马外港卡亚俄

记录时间：23:00

记录位置：停泊卡亚俄港

记录坐标：12°03′14″S；77°08′47″W

当前航向：停泊

卡亚俄港是秘鲁首都利马的外港，距离利马大约40分钟车程，有些像塘沽港和天津市的位置关系，所以旅行的重点就在利马这边了。

海公主号是中午12:00到达卡亚俄港的，船还没停稳，各个旅行团就已经在船上的影院和俱乐部开始聚集了，舱门一开，各支队伍就飞快下船。我们的大巴12:30左右就开出了码头，速度真快，我还想用得着这么赶吗，结果到了晚上10:30才回船，竟然是10个小时的旅行。

洁西、艾米丽、洋子和我都在一个团，大巴车坐得满满的，作为年轻人的我们自然地坐到了最后位置较高的那一排，满眼的花白头发和秃顶，都是老年人啊。让我不禁想起了国内的"夕阳红"旅行团。当我将年轻男生参加了"老年旅行团"的故事讲给洁西听时，洁西立刻狂笑起来，并指着我做痛斥状，引得另一侧的艾米丽和洋子纷纷转头问洁西在笑什么。

第一站，秘鲁当地美食午餐。旅行团选择了一家装修很具地方特色的餐厅，坐在一张能容纳30名团员的大长桌上，首先是秘鲁国酒皮斯科酸酒（Pisco Sour），一人一小杯，之后是大盘大盘的菜肴，大家分到各自的盘中分享，其实用餐方式有些像中国，完全可以上筷子大家共享，尤其是炒牛肉条，完全是中式菜肴的风格。主食是米饭，吃起来像东南亚风味的食物。其他菜肴也是汤汁丰富，很适合盖浇饭，我就将各种菜肴汤汁混合在一起，铺在米饭上拌匀，自制成混合盖浇饭，一勺一勺地吃着。旁边的一干团友们吃惊地看着我，洁西也是一脸难以置信地问我为什么这么吃，因为在她们看来，菜应该一道一道吃，主食和菜应该分开。我说，单独吃有单独吃的味道，混合起来又是不一样的味道。洋子倒是可以接受，毕竟日本也有咖喱饭。洁西和艾米丽就觉得有些匪夷所思，也尝试着像我这样混合起来吃，果然吃着更有味道了。不一会儿，我们这边的团友都呼噜呼噜地吃起盖浇饭来了。

当然，主要是有些菜肴的味道估计他们也不太接受，混合起来就没那么抗拒了。至于具体口味，我只能说秘鲁菜有着东西方混合的特点，外加当地印第安传统风味，佐料使用也是别具特色的。

第二站，利马大教堂。这里有弗朗西斯科·皮萨罗的墓。

弗朗西斯科·皮萨罗，这个不识一字却毁灭整个印加帝国的冒险者，这个利马城的创建者，不管历史如何评价，现在只留下棺木放在这座宏伟的大教堂的一角。

整座教堂可以用气势恢宏来形容，融合了多种建筑风格，遍布精美的绘画、雕刻、彩窗、马赛克画。祭坛是两层，上面的雕塑精美绝伦，尤为壮观的是祭坛两侧的木质座席，花纹精致，雕刻传神。

出了大教堂就是武器广场，也就是利马的市中心了。南美洲的城市很多都有武器广场，因为殖民者都会以广场为中心建设城市，而这个广场就是殖民者军队集合的场所，也是武器库所在，所以称为武器广场。秘鲁总统府在武器广场的一侧，那里飘扬着秘鲁国旗。当年，何塞·圣马丁就是在这里宣布秘鲁独立的。

穿过武器广场来到对面的小巷子，不远处就是圣多明各修道院了。

第三站，圣多明各修道院。粉色的教堂确实让人耳目一新，这也表示这是个女修道院。教堂天顶上有一排排八角形小藻井，里面雕刻着开放的花朵。

修道院中有布满马赛克墙画和油画的双层正方形回廊,穿过回廊,充满历史感的图书馆可以让你领略几个世纪前的文化风貌。

修道院最后面是三个重要的秘鲁圣人的最后安息之地:圣胡安马西亚斯、圣罗莎德利马和圣马丁德波雷斯(非洲大陆的第一位黑人圣人)。

第四站,黄金博物馆。下班高峰期我领略了利马恐怖的大堵车,加之司机似乎方向感有些混乱,所以直到晚上7点我们才到黄金博物馆。一路上的走走停停,摇摇晃晃使全车人都困倦起来。洁西则直接用头顶着我的肩膀呼呼大睡,一觉醒来,发现车还没走500米。

黄金博物馆是个私人博物馆,一层收藏着欧洲中世纪盔甲和武器。地下室是黄金博物馆,还安了厚重的防盗门。展品是大量的印加帝国时期的黄金制品,什么金壶、金锅、金饭碗的,还有各种祭祀品、饰品等等。女孩们的兴趣一下就来了,也是,哪有女孩不喜欢黄金首饰吧。

第五站,印第安市场,买东西。由于太晚,好多商家都收摊了,所以只待了半小时,即使这样很多人还买了一大堆印第安工艺品。

这么晚了,竟然还有第六站,爱情公园。有些像巴塞罗那巴洛克公园的缩小版,用碎瓷片镶嵌的蜿蜒长椅,是情侣们依偎而坐看海听风的绝佳场所。可惜这时候已经入夜良久,黑漆漆一片,最主要的是开始下雨了。利马被称为"无雨之都",全年降水不足15毫米,我们来时竟然是阴天下雨,怕不是把全年的雨都下完了吧。坐在公园长椅上和三个小美女合了张影,人生巅峰啊。

旅行团10:30回到船边,是不包晚饭的,饥饿的团友们几乎是冲上船的。直到现在,我写日记的时刻,自助餐厅还是人声鼎沸呢。

108天环球航行第86天

2018年8月29日，星期三，阴

0:00—23:00 停泊秘鲁利马外港卡亚俄

记录时间：21:00

记录位置：卡亚俄港

记录坐标：12°03′14″S；77°08′47″W

当前航向：停泊

今天又是一个漫长的旅行团行程。

依然是大阴天。早上八点多出发，第一站，秘鲁考古学、人类学和历史国家博物馆。以印第安文化为主，展示各个时期秘鲁不同地域的印第安文化古迹，主要为陶器、织品、金银器，以及印第安特色的木乃伊。博物馆收藏了丰富的展品并用现代化的手段展示，据说这是个新建的博物馆，政府耗了巨资，只是我们对古印第安文明知之甚少，只能走马观花了。看到了马丘比丘古城的模型，此次船上真有团去马丘比丘，只看了下模型，我就觉得好在没去，爬上去估计得累个半死了。

第二站，帕查卡马克历史遗迹区。光秃秃的荒山丘上被黄沙掩埋的一些城墙、宫殿、金字塔、引水沟的遗迹不断地展示了出来。回溯1700年，这里就是印第安人建立城市，祭拜太阳神的地方。千年更替，辉煌不断，直到她倒在殖民者的炮火中。

在遗迹近在咫尺的地方是一片片简易房和土坯房建成的棚户区，并向着古迹侵蚀而来。这也是这个国家贫穷的另一面吧。

第三站，马术庄园。在这里我们观看了秘鲁帕索马的表演，一些队列表演和舞步表演，以及拉美风格的民族舞蹈。

之后在马术庄园吃了自助午餐后返回,下午5:00回到船上。又是9个小时。

听导游说,秘鲁的中国人后裔很多。鸦片战争后,西班牙人为了增加秘鲁人口,就通过澳门,从中国大量移民青壮年劳力。之后与本地人混血,经历了近一百八十年,形成现在颇多的华裔血统,据说应该占到人口总数的10%左右。秘鲁语一些说法与中文类似,如吃饭,秘鲁语发音为CHIFA。

108天环球航行第87天

2018年8月30日，星期四，阴

在海上

记录时间：23:30

记录位置：太平洋

记录坐标：16°06′01″S；84°28′56″W

当前航向：西南

海公主号将开启漫长的航海时段，首先是4天横穿南太平洋到复活节岛，之后是5天继续横穿南太平洋到大溪地。复活节岛真是个神奇所在，独立存在于大洋中，与周围大陆相距甚远。

一条船独行于大洋之上，使得人们仿佛回到了原始的村落，千余人自成一个小世界，彻底的"遗世而独立"也是一种十分美妙的感觉。

利马的两日长团让全船人都感到疲惫，所以今天船上所有的人都是懒懒散散的状态，连洋子都没有去健身房锻炼，大家就像在自家的后院一样，随意猫在船上的某个地方，看看书，聊聊天，洗洗衣服，剪剪指甲。

洁西无聊地躺在躺椅上，看着我和艾米丽玩船上的老年游戏——海上沙狐球游戏。平时都是一大批老年乘客在这里大呼小叫，今天这里竟然没人，所以我们打了起来。洋子则站在数字区给我们计算得分。

"不玩了，洁西你来。"艾米丽嘟着嘴，在我将她的圆盘双杀出界后，气哼哼地走到洁西的躺椅前说道。

"我懒得动。"洁西瞬间回应道。

"真懒，要不我们去打乒乓吧，李。"洋子跟着说道。

"洋子，我说了，不是每个中国人都会打乒乓球的。"我回答道。其实也会一点，就是上回听说她学生时代参加日本全国性乒乓赛，吓着我了，这不是怕露怯么。

最终，四个人齐齐地坐在躺椅上，看着海面的风浪发呆犯困。

今晚又是正装夜，有龙虾，也没那么兴奋了，虽然又要了双倍。

晚上又是乐器秀，一个几十年前的老选美小姐，弹一种类似琵琶的拨弦乐器，她更加老迈的丈夫弹着钢琴与她合奏。

今天的自助餐竟然提供智利车厘子，也就是樱桃。这一下点燃了人们的热情。口感脆甜的车厘子成为人们必取的水果，也是秒光的节奏。负责上水果的正是维嘉，看我们过来了，特意上后厨提了一大盆续上，让我们基本拿光。之后维嘉和我说，在利马上的 300 千克樱桃，一夜全光。

📅 108天环球航行第88天

2018年8月31日，星期五，阴，大浪

在海上

记录时间：22:30

记录位置：太平洋

记录坐标：19°53′47″S；91°52′44″W

当前航向：西南

一路直线，直奔复活节岛，风不算大，浪可不小，尤其到了晚上，船晃动得很厉害。天气也凉，要穿夹衣。

每当船摇晃严重的时候，服务生会在每个楼梯拐角的扶手上，绑一个装满小纸袋的袋子，其实和飞机上的呕吐袋一样。乘客们虽然老，但是上下楼梯依然很轻松，也没见晕船的。毕竟都是挂着黑色卡的精英会员了，坐公主邮轮都在150天以上，也算是经历过风浪的人。

艾米丽今天有些不舒服，剧烈晃动让她感到不适，头晕脑涨的没有胃口。洁西去前台为她拿了晕船药，一整天她都猫在屋里没有出来。大咧咧的洁西则没有感觉似的继续到处瞎晃。洋子继续去健身，我也去了健身房，浪大的时候跑跑步，会有一种腾空的感觉。双脚离地的瞬间就看到跑步机猛的下沉一下，你会慢一些才落下，很特别的感觉。

自助餐的食物是可以拿回房间食用的，第二天小飞会把盘子收走，所以吃完饭洁西带上水果和容易消化的食物回去给艾米丽，别看洁西平时一副没心没肺的样子，照顾朋友还是很细致耐心的。

晚上我和洁西一起去看了剧场的催眠表演，还是挺精彩的。也不知是真是假，人在催眠状态下毫无抵抗地做着各种动作，看起来挺可怕的。洁西说她以前也看过，怀疑这些人都是托儿。我是觉得很神奇，反正我是没有被催过眠。

108天环球航行第89天

2018年9月1日，星期六，晴，大浪

在海上

记录时间：22:10

记录位置：太平洋

记录坐标：23°32′36″S；100°00′14″W

当前航向：西南

继续一路直线，直奔复活节岛，这时的大浪已经晃得全船人都晕晕乎乎了。我也只好躲在床上，看了一上午的书。

午后天气晴了起来，气温一下就高了，晃动也不是那么明显了。船方又在甲板上举办了一次冰雕活动，仍是上次那位师傅，今天他雕刻了一只老鹰。

当我看到洋子晃晃悠悠走到餐厅，就知道这姐妹仨全晕船了。晕船这事情似乎会传染，洋子说艾米丽晕得最厉害，洁西也只能躺着，她算情况最好的了。于是，我们拿好各种吃食，一起去了她们舱室。

艾米丽小脸煞白躺在床上，洁西背身面朝舱房墙壁躺着，听见我们进来转过身，看到我也来了，立刻用中文喊道："我要死了，李。"最近她中文进步很快。"听声音你的底气还很足，没事的。"我回答道。

屋里的气味有些难闻，或许这也是她们都晕船的原因，毕竟内舱房的通风不是很好，她们人又多。我让她们两个去我的房间躺着，然后找来小飞让他仔细打扫了下房间，喷了清新剂，并且将空调开到最大风狠狠地吹了一阵，再调回正常，空气一下清新了不少。

当她们回到房间，立刻感觉好多了，洁西夸奖道："还是老男人有办法啊！哦……"

我和洋子说一定要多出来吹风通气，憋在屋里更容易晕。

晚上的船长派对只能我一个人去了，又是免费香槟什么的，喝完酒真的不觉得船晃了。还有抽奖，这次中奖的就坐在我旁边，想起上次艾米丽中奖，看来我还是没运气啊。

乘坐冠军是位老者，总计乘坐公主邮轮1900多天，也就是说，他坐公主邮轮的时间加在一起有五年多，还不知道他是否坐过其他公司的船。这绝对是我辈楷模。

说到坐邮轮，我最佩服的还是写《伯利兹邮轮年鉴》的道格拉斯·沃德（Douglas Ward）。老爷子每年有200多天都在船上，一写写了34年，年年更新。

108天环球航行第90天

2018年9月2日，星期日，晴，大浪

在海上

记录时间：22:30

记录位置：太平洋

记录坐标：26°17′31″S；107°14′26″W

当前航向：西南

  每天都是这一句，继续一路直线，直奔复活节岛。因为真的是走了一条笔直的线路，复活节岛周围2000千米连个岛都没有，它是真正的洋中孤岛啊。

  今天是父亲节？不知道这信息是从哪里来的。直到问了洁西，才知道大洋洲的父亲节是九月的第一个周日，不像欧美是六月第三个周日。

  中午甲板上有烧烤。气温上升，海浪变小，大家重回甲板晒太阳。烧烤食材有牛肉、鸡肉、大虾、龙虾等，不过吃的人并不多，大概是这几日晕船的原因。洁西和艾米丽也起床出来吃饭了，不过多少有些不舒服，只是简单地吃了沙拉和水果，以及一两块烤鸡肉。看到我一盘盘地吃烤龙虾，烤大虾，她们甚是羡慕又无奈。不过日子过久了，吃什么都是一般的感觉了。倒是今天的甲板舞表演得不错，大妈们不知什么时候在私下排练过，所以很整齐划一。

  今晚大歌舞，不好意思照相。这个舞团确实比前半程那个要好得多。

📅 108天环球航行第91天

2018年9月3日，星期一，多云，大浪

在复活节岛外海上

记录时间：21:15

记录位置：太平洋

记录坐标：27°03′32″S；111°33′57″W

当前航向：西北

今天终于到达复活节岛了，但是因为风大浪高，港口封闭，海公主号无法靠岸，只能过岛而不入。

甲板上站满了失望的人们，大家只能远远地拍了几张岛上的照片。因为著名的石像都是背朝大海，只是拍到点模糊的背影，加之船晃得厉害，所以拍出来的照片都糊了。不过倒是没有人去哄闹船长为什么不靠岸，因为大家都知道安全第一。

我们四个也是失望地坐在甲板上看着近在咫尺的小岛。我估计我是和这种小岛犯冲，就像上次出行，乘坐诺唯真的逍遥号去百慕大群岛，结果也是因为台风临时改道。不过遗憾也是旅行的一部分，哪有完美无缺的旅行呢？当我说完这些，得到了一片白眼，洋子还说："你怎么跟柯南似的，到哪哪出事。"

今天的浪真大，下午到晚上连我都有晕船感了。

让我们记住这个坐标。27°08′10″S，109°26′26″W。近在咫尺，却要错过。

108天环球航行第92天

2018年9月4日，星期二，多云，大浪

在海上

记录时间：21:15

记录位置：太平洋

记录坐标：26°05′02″S；119°56′57″W

航向：西北

今天才开始调整时间，回拨一小时，估计是因为复活节岛用的是智利时间吧，所以时间已经很不科学了，不过也无所谓。今天浪好大，基本上全船人都站不稳了，大家都躲在房间里。

我扶着墙走出门外，在五层就可以看到海浪拍打舷窗的景象，可以判断海浪绝对有近十米高了。船上下颠簸着，撞击着海浪，砰砰作响。

屋内衣柜中的衣架哗啦啦地来回摆动，而且更可怕的是似乎卫星电视系统出了问题，没有了电视节目，也没有往常的舰桥信息。身处大海中间，我突然有了一丝危险的感觉。

女孩子们都吓得跑到我的屋里来了，本来说要打打牌，后来就变成了混乱的半靠半躺的坐在一起。我坐在椅子上，把腿翘在床上，和她们围在一起开无篝火的晚会了。没有电视、没有网络，大家又回到靠聊天解闷的时代。

洁西讲起了她的家乡，离悉尼不远的伍伦贡（Wollongong）。这个澳大利亚的钢铁之都，一切都是那么传统而厚重。洁西的父亲虽身为钢厂经理却是个保守的人，对出现在城中的那些艺术、旅游等新事物抱有较大的敌意。但是，在洁西成长的年代，近千名中国留学生给这个十几万人口的城市带来了不一样的文化和生活，还为这个城市起了个极具中国化的译名：卧龙岗。这也让洁西了解到了中文和中国,就算保守的父亲也无法阻止女儿去学习中文和表演艺术,或许未来也不会阻止她去往中国吧。

  艾米丽和洋子也讲起了她们故乡的故事。女孩们的脸上渐渐露出了兴奋快乐的神情,恐惧和担忧一扫而光。

108天环球航行第93天
2018年9月5日，星期三，晴，大浪

在海上

记录时间：22:45

记录位置：太平洋

记录坐标：25°21′15″S；127°05′56″W

航向：西北

时钟再回调1小时。

继续大浪，海公主号在太平洋的中心地带继续狂飙。今天连我也一整天没下床，站起来确实晕啊。

晚上的正装夜更加尴尬，大家都站不稳，穿着正装东倒西歪的显得更狼狈。菜品也一般，并且因为大浪，活动也不多，恐怕这是全程最无聊的一个正装夜了。

📅 108 天环球航行第 94 天

2018 年 9 月 6 日，星期四，晴

皮特凯恩群岛巡航

记录时间：22:45

记录位置：太平洋

记录坐标：23°36′35″S；133°04′03″W

航向：西北

这几天每天时间都要回拨 1 小时。

今天的天气突然晴朗起来，我们来到了皮特凯恩群岛海域，这里已距离复活节岛 2000 千米，是距离复活节岛最近的有人居住的海岛。

甲板上挂满了各国的国旗，是因为上午要拍摄一张环球航行乘客的集体照，我找了一圈，才看到五星红旗，赶紧在国旗前拍照留念。现在全船就我一个中国乘客，所以也是独一份的照片了吧。甲板上人头攒动，洁西她们也在找自己国家的国旗拍照。这时洁西看到了我，便要和我一起在中国国旗前拍个合影，理由就是未来可能会去中国工作，万一我成名了，也算是和名人合照，可以挂在办公室的墙上。看她半调侃半认真的态度，我哭笑不得。

皮特凯恩岛就在船边，这里竟然还有一个小城市叫作亚当斯顿，看着也就是个小村子。海公主号围着这座岛转了一圈，岛上的景色相当不错，看着像火山喷发形成的岛屿。整个岛都是山，岛上四面都是断崖，只有人们生活的区域相对平缓，屋子也是那种高脚屋，稀稀落落的。据 2014 年的统计，全岛只有 68 人。

我们的船只是巡航，不会靠岸。大家也都在感慨，一座大洋上的孤岛，竟然有人生活。

之后我们就以皮特凯恩岛为背景，在泳池甲板拍摄了近千人的大合照。

晚上船方搞了海盗派对，全船人一扫多日晕船之苦，开始了快乐的狂欢。船中心的大厅摆上了朗姆酒酒桶，拉上了绳梯，挂起了骷髅海盗旗，全体娱乐部的员工都打扮成《加勒比海盗》中角色的模样。而且海盗服饰可以租到，所以很多乘客也带起眼罩，贴上刀疤，参与其中，打扮成海盗招摇过市。

这时一把匕首顶在了我的腰间，耳边传来洁西的声音："打劫。"回头一看，洁西穿着整套杰克·斯帕罗的服装，涂着浓重的烟熏妆，别说，她女扮男装还真是好看，要不是声音熟悉，还真的一下认不出来。我只好摆出柔弱的样子配合一下："劫财还是劫色啊？"因为是用中文说的，她一时没有反应过来，问我什么意思。我只好用蹩脚英文说道："Money or body？"她惊愕了半晌，突然明白过来，绷不住狂笑起来，然后大声嘲讽我的英文，引得众人侧目过来。这时艾米丽也穿着一款中世纪的裙装走了过来，问为什么这么热闹。洁西在耳边和她说了我的蹩脚英文，引得两人笑作一团。这时舞会开始了，我看了眼洁西，说道："我可不和男人跳舞。"然后就拉上艾米丽去跳舞了。只看见洁西在愤怒地跺她的皮靴子。当然之后还是和洁西跳了一曲，不然她会一直找我麻烦的。

108天环球航行第95天

2018年9月7日，星期五，阴，小雨

在海上

> 记录时间：23:45
>
> 记录位置：太平洋
>
> 记录坐标：20°28′07″S；140°51′23″W
>
> 当前航向：西北

今天时钟继续回拨1小时。

由于到复活节岛没有上岸，所以这已经是漂在海上的第九天了，我不禁想起了晴晴。当时在阿拉伯海连续7天海上日的上班时间已经把她折磨得不行了，要是后半段继续这样连上十天估计她要崩溃了。

洗衣服、看小说、小锻炼，海上也就是这点事了。还有吃吃喝喝。

今天艾米丽突发奇想，要去很久没有去的正餐厅喝下午茶。下午茶是每个海上日都一直有的，只不过我不大愿意参与英文社交，所以除了最初的两次再也没有去过，三个女孩也很少去。因为多是老人，话题太少，还非要拘着礼仪，所以也没什么必要了。不知道艾米丽想起了什么，今天一定要去。

下午茶倒是便装即可，但T恤短裤总不合适，所以我穿了衬衫和西裤，女孩们也穿了美丽的裙装。到了六层餐厅，领班将我们带到了一张四人台前。只和她们三个一起我倒是没有语言压力，因为不会的词可以和洁西中英互译。

坐好，上茶，洁西在和洋子继续说我昨晚的英文传奇，艾米丽则有些神不守舍地东张西望，我问她怎么了？她悄悄地说等下就知道了。我嘀咕了一下："难道有人过生日？"艾米丽马上愕然地看着我。

果然，巨大的方形蛋糕推上来了，全体员工高唱世界通用金曲《祝你生日快乐》，餐厅内其他桌也是鼓掌同庆，蛋糕被缓缓地推到了洁西面前。原来今天是这丫头的生日。

洁西似乎也有些诧异，之后立刻兴奋起来。后来她在私底下告诉我原来她以为洋子她们会在澳大利亚时间的9月7日为她庆祝生日，没想到她们提前到了船上时间9月7日。这里的时间可比悉尼早了19个小时呢，这也是她过的最早一次的生日吧。

生日开始就是正常流程了，吹蜡烛分蛋糕什么的，在场的所有人都品尝到了美味的芝士蛋糕。

"我也不知道今天是你的生日，也没有准备生日礼物。"我对洁西说。

"没有礼物可不行，李。"洁西用狡黠的眼神看着我。

"那你要什么？Money or body？"我想起了昨晚的笑话。

"我是成年人了，不做选择，都要。"洁西笑着说。

"那好，晚上请你去吃牛排大餐。"

"Yes！"

晚餐时间，我穿了西装，正式地上门去邀请洁西，洁西则穿了套黑色的小礼服，衬托得她白色的肌肤和黄色的头发更加耀眼。

还是在14层的Sterling牛排馆。我们点了牛排和红酒，特地在点甜品时要了小蛋糕，又用中文为洁西唱了生日歌，洁西的眼中充满了快乐的光芒。

今晚的演出竟然第一场满员，我们只能在酒吧喝酒聊天等着在第二场看今天的表演。

今天的表演是我和洁西都非常喜欢的百老汇式歌舞剧。液晶背景墙做成美国西部酒吧吧台的样子，前景也有些酒桶和桌椅的装饰，仿佛在一家苍凉的西部酒吧。歌手和舞者都是牛仔系列的服装，以音乐剧的表演形式讲述一个西部爱情故事。制作精细，看的很是过瘾。

演出结束后，我们回到洁西的舱房门口，"Thanks,Li"洁西突然在我胸口像哥们似的打了一拳，就转身进屋了。我有些愣，剧本不应该是她说"感谢你让我过了这辈子最好的生日"并且临别拥抱吗？

108 天环球航行第 96 天

2018 年 9 月 8 日，星期六，晴

在海上

记录时间：19:30

记录位置：太平洋

记录坐标：18°11′21″S；146°35′18″W

当前航向：西北

在海上的第十天了。

海公主号回到了热带海域，天气暖和了，泳池里的人也多了。

洁西早上又没有起床，倒是艾米丽很好奇地问我昨天怎么知道她们要给洁西过生日。我说："你把惊喜都写在脸上了，基本上这种情况不是过生日就是求婚。"然后被艾米丽骂了句老狐狸。

明天就到塔希提岛了。我只办了法国签证而没有办理波利尼西亚的签证，还不知道是否能上岸，所以也就没有和她们一起报团。如果能上岸，就自己行动。

📅 108天环球航行第97天

2018年9月9日，星期日，晴

8:00—23:00 停泊法属波利尼西亚帕皮提

记录时间：21:30

记录位置：帕皮提港

记录坐标：17°32′12″S；149°34′13″W

航向：停泊中

今天时钟回拨1小时，忘了，起早了。

不过顺利用法签上岸了。环球航行前本来想办一个这里的签证，但是签证只能提前三个月办理。从今天往前三个月，6月9日我已经在船上四五天了，根本无法办理。不过这里认法签，好运气。

花50美元报了当地团，5小时环岛。

游览了美丽的浅海、热带雨林、小瀑布，还有古人遗迹，算是蛮值得的吧，其实如开发前的海南。我拍了不少照片。

今天周日，几乎所有的店都不开门。

晚上看了当地的民族舞表演，很精彩，装束也很艳丽。

塔希提岛不是个走马观花之地，而是一个需要安静下来慢慢享受的地方。

108天环球航行第98天

2018年9月10日,星期一,晴

7:30—18:30 停泊法属波利尼西亚瑞亚提亚岛

记录时间:22:00

记录位置:太平洋

记录坐标:17°30′13″S;152°35′59″W

当前航向:西南

今天依然是下船之后花了40美元报了个当地团,感觉真是物有所值。

岛屿四周形成了由珊瑚礁组成的浅海区,所以太平洋上的大浪只到珊瑚群的最前端,之后就是浅蓝色透明的浅海,可以看到一片一片的珊瑚礁。我们乘坐的快艇形状如同当地人划的独木舟,在主船体边连接一个小的船体,使船成为双体船,确保稳定,这是塔希提特色的独木舟。我们的团沿岛的东海岸向南,到达河口后再溯河而上。

第一站是珍珠培养区。在这里可以看到珍珠贝的养殖方式,当然这里也卖珍珠。塔希提的珍珠世界有名,价格还行,就是品相差了点,店小人多。

溯河而上之前看到了船上其他团在这里划皮划艇。河道很窄,船将就能通过。两岸的雨林植物的根系都延伸到河面上了。

第二站是河口向南一片大石头。据说是库克船长初登此岛时建的基地。

第三站去了珊瑚礁群上的一个小珊瑚岛。这里是游泳和潜水的好去处,整个浅区海除了航道区外水都只是及腰深而已,正是浮潜爱好者的天堂。

晚上5点就发船了。塔希提是个应该住上十天半个月的好地方,没什么景点,来到这就是生活在风景中。

📋 108天环球航行第99天
2018年9月11日，星期二，晴

在海上

> 记录时间：21:30
> 记录位置：太平洋
> 记录坐标：22°28′19″S；159°11′17″W
> 当前航向：西南

漫长的航海又开始了。因为签证的原因我没有和洁西她们一起报船上的团，所以大家聚在一起互相了解了下在塔希提的游玩情况，之后大家一致认为还是报岸上的团性价比更高。可惜这已经是最后的景点了，船还有一周就回到起点了，不禁产生了离别的愁绪。

天气依旧十分炎热，还是热带的感觉。浪也不小，游泳池的水左摇右荡，基本无法游泳了。

晚上我们几个人一起去了甲板上的星光影院，放映的是《星球大战》的一个外传电影，讲的是索罗船长的青年时期，似乎刚刚上映。躺在躺椅上风还是有些大，每个人都盖着两条毯子，好像老头老太太们一般。

108天环球航行第100天

2018年9月12日，星期三，阴

在海上

记录时间：22:15

记录位置：太平洋

记录坐标：27°21′25″S；166°50′35″W

航向：西南

今天时间回拨1小时。

今天是此次航行的第100天！！

漫长的航海，本来以为今天过日界线，结果还没到呢。

第100天船上也没什么活动，没意思。

大家都很晚才起来，没有了航行初期的兴奋和冲劲。洁西一副若有所思的样子，见到我只是打个招呼而已，洋子也没有继续她的运动。天色也阴沉了。现在是南半球的冬天，所以这样的纬度也有了一丝凉意。

📖 108 天环球航行第 101 天

2018年9月13日，星期四，阴，大浪

在海上

> 记录时间：23:10
> 记录位置：太平洋
> 记录坐标：31°51′59″S；174°45′32″W
> 当前航向：西南

海上的浪大得在船上站都站不稳了。

白天风大浪高，没什么事情可做，也不想做什么。

今天晚上是此次环球航程中最后一次正装夜了，浓浓的离别味。好多人都是在新西兰登船参加这次环球航行的，所以今晚还有各种送别仪式。

环球航线等于有三个起始点，奥克兰、悉尼和布里斯班，从这三个城市都可以开始旅行，都是 108 天后回到原点。

餐厅在每个航程即将结束的时候都会组织厨师和服务员秀，我也继续吃了双份的龙虾。

晚上 7 点开始是船长告别酒会。大家盛装出席，洁西她们也穿起第一次正装晚宴时穿起的大礼服，再次看到，依然是惊艳的，只是多了份熟悉亲切的感觉。除了免费的香槟，还有免费的鸡尾酒，看来快结束了，船上也把没卖出去的家底都拿出来了。

船长讲话，啰里啰唆说了一大堆，这次百日航程消耗的咖啡、牛奶、都是上十万杯，肉类更是万公斤级的。外国人倒是听了蛮高兴的，我却总有一种饲养场领导做报告的感觉。

洁西和我走到吧台前，稍稍远离了嘈杂的人群。

"就要结束了，李。"洁西满怀惆怅地对我说。

"天下没有不散的筵席。"我用中文教她这句话怎么说，什么意思。

"哦，你很看得开嘛，什么都是一顿饭而已。"洁西突然说道。

"那倒也不是，只是个比喻。"我说。

不知为何，洁西没听我说完，就走到另一边的艾米丽那里去了。

晚上10：30还有从天而降飘气球的大派对，但没有看到洁西她们，欢乐完的人们都去吃夜宵了。我走在五层空旷的大厅中，看着观光电梯上上下下，灯影流动，突生一种荒凉之感，或是我的一颗失落之心吧。

📅 108天环球航行第102天
2018年9月14日，星期五

消失的一天

通过日界线，从西12区到东12区，时间不变但要加一天，所以时间直接从13号跳到了15号。

实际上是将我们一路向西每天不断多出的时间一下子改回来了。

我就把它当一天吧，算是消失的一天。

108天环球航行第103天

2018年9月15日,星期六,阴

在海上

记录时间:21:20

记录位置:太平洋

记录坐标:35°28′05″S;177°44′13″E

当前航向:西南

过国际日期变更线,依然是有证书的。

离别的愁绪更浓了。明天到新西兰,将有几百人下船,他们是从奥克兰到奥克兰的环球旅程。同桌的肯特上校就要走了,大家握手道别。以后晚餐桌上更加空了。

过道上都是行李,每家都是六七个大包。也是,他们就住在这里,不用考虑飞机行李限额。

我约了洁西她们徒步游览奥克兰。

108天环球航行第104天

2018年9月16日,星期日,多云

10:00—23:00 停泊新西兰奥克兰

记录时间:21:20

记录位置:奥克兰港

记录坐标:36°50′32″S;174°46′07″E

当前航向:停泊

今天时间回拨1小时,早上10点到的奥克兰。真的很冷啊,体感温度不到10摄氏度。

其他人还穿短裤,服了。

三个女孩也是一身清爽打扮,牛仔短裤线衣。我却是长衣长裤,还穿了摄影马甲,俨然不是一个季节,好在还不至于套秋裤。

奥克兰不算大,所以今天只是徒步。我们走过了皇后大街、歌剧院、电影院、广场、美术馆、奥克兰大学、阿尔伯特公园等地。天空塔没有去,一路去过太多高处的景点,有点疲劳了。

我们重点参观了奥克兰美术馆,美术馆的整体建筑属于古典与现代兼容的造型,甚至比展品还要好看。展馆有现代艺术、声光艺术、世界抽象艺术、古典艺术,以及新西兰现代画家的创作,查尔斯·高迪的文身毛利人系列画是最具震撼力的。

奥克兰是一个山峦起伏的花园城市,道路多是坡道,皇后大街仿佛是最低的一条大街,其余的街道像小溪般从山坡高地汇入皇后大街。到处是广场和花园,老派建筑和新的高楼大厦混搭在一起。周末人也不多。

街上有小一半人是华裔,中餐厅的比例也在3成左右,还看到了煎饼小店。

很多店铺的老板是中国人，街上时常能听到中国话。奢侈品店前排队的也多是亚洲面孔。

广场上还有人打着"UGG往这边走"的示意牌。

走在安静的街道上，我们几个也似乎少了谈笑，很多时候大家只是默默地走着。在湿润的空气中，我看着平整的草丛，干净的街道，奇异的树木和建筑，心中逐渐回归平静。

洁西她们说这里和澳大利亚很像，人们都是这种状态，可能都是因为地广人稀，城市也不那么的嘈杂，更多是平静，给人一种田园的感觉，所以有时也觉得索然无味。这或者就是世界多样性的魅力吧。

晚间，船上请了毛利艺术演员来表演。节目很精彩！

108 天环球航行第 105 天

2018 年 9 月 17 日，星期一，阴

在海上

> 记录时间：21：30
>
> 记录位置：塔斯曼海
>
> 记录坐标：34°13′08″S；169°11′02″E
>
> 航向：西

这两天时间都是回拨 1 小时，现在早北京 3 小时。

就快回家了。大家都在大采购。我也是，在船上的免税店买了几瓶绵羊油护手霜。

晚餐还是随意，倒是晚上搞了圣帕特里克节绿色派对，爱尔兰风格的。可是圣帕特里克节不是 3 月 17 日吗？今天是 9 月 17 日啊！我问艾米丽，她拿了船上的日报给我看，原来是 Halfway to St.Paddys Day，也就是半路的圣帕特里克节。这也太能搞了，不禁让我想起电商的年中大促。这不是编故事自己哄自己玩吗？

艾米丽倒是说人生苦短，能玩就玩呗。

全船到处都是绿色的装束。据说在纽约圣帕特里克节的时候，绿色的人海可比这里有气势多了。

没看到洁西和洋子，我问艾米丽她们怎么没来？艾米丽突然用奇怪的眼光看了我一眼，说道："或许她们累了。"

108天环球航行第106天

2018年9月18日，星期二，晴

在海上

记录时间：21:50

记录位置：塔斯曼海

记录坐标：34°02′01″S；160°20′49″E

当前航向：西

临近回家的日子，挺惆怅的，在航程开始的时候还是充满冒险感和不确定感的，现在接近尾声，却什么感觉都没有了。

早上去办了签证，对船上负责签证的苏珊表示了感谢。作为船上唯一的中国护照客人，需要面签的较多，还是蛮让她辛苦的。

下午去看了电影，真的是临近回去，愈发不舍了，主要是不知道未来书的情况，还很迷茫呢。

晚上，洋子她们来取回了放在我屋子里的空箱子，准备开始打包了。随着离别时刻的到来，大家的情绪似乎都不高，洁西也没有和我多说什么，只是表示感谢这么多天的帮助。

晚上去吃夜宵的时候遇到洋子，我问她们收拾得怎么样了，洋子说还有很多要明天收拾的呢。

"洁西似乎有些不高兴？"我试探着问道。

"你发现了？"洋子说道，"你难道不明白吗？"

"我知道了。"

"你不应该这样，李。我知道你不想怎样，但是洁西还是感觉到了。"

"我的错，我不再找她了。"

"我们到悉尼后就去火车站回墨尔本了。再见。"

108天环球航行第107天

2018年9月19日，星期三，阴，大浪

在海上

记录时间：21:30

记录位置：塔斯曼海

记录坐标：33°53′51″S；153°51′46″E

当前航向：西

一夜无眠，昨晚的谈话让我很沮丧，但是，这么大的男人了应该不至于拿不起放不下吧，或许只因离船的伤感吧。

船上最后的一天，打包行李，可是东西太多了。

晚上吃完饭，大家握手道别："很高兴遇到你们。"

船还要继续行走，我的生活也要继续。

行李已经拿到门外，会有侍者将它们取走，明早上岸再去领取。

冬季的海风非常寒冷，人们走到甲板上冻的瑟瑟发抖，舱门都需要大力才能推开。海公主号在云遮雾掩的塔斯曼海上奋力地航行着。

我回到舱房，看着住了百日的舱室，已经熟悉得像家一样。现在又回到空荡荡的状态了。

这时有人敲门，我打开一看，洁西站在门前，突然扑到我怀里，抬头吻着我，将我推入房中。我忘情在这美妙的感觉里，只感觉爱的气息充盈在我的口中。

我们倒在了床上，我看着她那殷红的脸和略混乱的金发。

"I'm married."

"I know."

"……"

108 天环球航行第 108 天

2018 年 9 月 20 日，星期四，晴

到达悉尼

> 记录位置：悉尼环形码头
>
> 记录坐标：33°51′35″S；151°12′36″E

今日时间回调 1 小时。悉尼冬令时间，比北京时间快 2 小时。

梦到你离开，我从哭泣中醒来。

不知是什么时候，你走了，我不知为何会昏睡过去，错过了你的离开。

甜美的梦，总会醒来，若有若无的气息讲着你的存在。惊身而起，船不再摇晃，而是死一样的平静。船已靠岸多时了。

你们的房门已经敞开，已经在做迎接新客人的准备了。天已经大亮了，我发现船停在环形码头，歌剧院就在船的左舷不远处。原以为船会停到出发时的白湾码头，没想到却停在这闹市中心。白色的歌剧院被阴云涂抹成灰白色，我的心也是灰白的。

你一声不响就离开了，是想让我当做梦一场吗？可是……

早起下小雨，歌剧院笼罩在蒙蒙阴雨中，心情也一样。过了歌剧院沿着悉尼皇家植物园的海边向东走去，这是另一个大海湾，雨水和植物的味道使空气清新极了。茫然地走到东面的麦考利夫人座椅，这是拍摄歌剧院和海港大桥的最佳地点。

之后向南直穿过皇家植物园，走向悉尼海德公园，是的，它和伦敦的海德公园是一样的名字。这是一个标准的欧式公园，树木草坪左右对称，雕塑喷泉一个不少。中间大道直通南北，很有气势，公园南边则是恢宏的澳新军团纪念馆，在倒影池的映衬下，庄园肃穆。

海德公园的东侧是圣玛丽大教堂，这是一个体积巨大的教堂，有上百米长，还有高大的双塔。教堂内的装饰和圣坛，以及美丽的彩绘玻璃，完全不输于欧洲的著名教堂，不愧是澳洲第一啊。

一路走啊走，总是想到她的身影，这是她的家乡，她的祖国，我却可能再也见不到她了。

下午突然雨过天晴，走在岩石区的路上感觉气温高了有10摄氏度左右，从海港大桥下看歌剧院又是另一番味道。海公主号仍停泊在码头上，可惜我的船卡再也不能登船了，过去的再也回不来了。

再去歌剧院，和早上雨中的完全不同了，人山人海。歌剧院到环形码头的路边，临海皆是咖啡店和酒吧的座位，晒太阳喝啤酒的大有人在。

下午4点，坐在酒吧的我听到海公主的汽笛长鸣，无数环形码头内的游船纷纷躲避，海公主号缓缓地倒出码头，调转船头，越过歌剧院开始了她新的环大洋洲的航线。人们纷纷拍摄她巨大身影航行过歌剧院的镜头，我也一样。但是我又和他们不同，我刚刚和她一起环绕了地球一周。

海公主号开始她新的航程，我也要开始我新的生活了。

邻座的一个中国小男孩问妈妈："这艘大船能环游世界吗？""当然可以，我就是刚刚坐着她环游世界一周的。"我对他说。小孩的妈妈看看我，笑了一下，对小男孩说："我们没有那么长的假期，你还要回去上课呢。"

我也笑了笑，继续看着海公主号那美丽的白色身躯越过悉尼歌剧院。

这时，身后突然传来一个熟悉的声音。

"我就知道你会在这里，李！"